Privatna nastava

Višnja Savić

Published by Višnja Savić, 2024.

PRIVATNA NASTAVA

First edition. February 23, 2024.

Copyright © 2024 Višnja Savić.

ISBN: 979-8224513079

Written by Višnja Savić.

Bio je to jedan od onih lenjih sunčanih popodneva. Jedan od onih kad prolećni dan izgleda kao vreli letnji. Bio sam kod drugara sa fakulteta na kafi i laganim koracima se vraćao ka svojoj kući. Skrenuo sam za ugao i zamišljeno ušao u svoju ulicu. A onda sam je video ispred sebe. Moja prva komšinica Milena polako je koračala ispred mene. U prvom trenutku je nisam prepoznao. Samo sam video njeno zategnuto dupe kako se njiše pred mojim očima. Osećao sam kako mi se od toga kurac diže u farmerkama. Imala je uski zelenkasti šorc i belu majcu bez rukava. Kao hipnotisan sam buljio u nju.

A onda, tek kad je okrenula profil, video sam ko je. Bila je starija od mene nekih petnaestak godina, ali je izgledala mladoliko. Nije ni čudo što sam je zamenio za neku svoju vršnjakinju. Pitao sam se da li da nastavim da je krišom posmatram, ili da požurim i popričam sa njom. Očigledno se vraćala iz prodavnice. Nosila je neke velike kese u obe ruke dok je u sandalama polako išla ka svojoj kući. Ubrzao sam korak i sustigao je.

”Komšinice, dajte meni to, da vam pomognem...”

Okrenula se i nasmešila kad me je videla. Pružila mi je jednu kesu.

”Zdravo Milane”

Nastavili smo put i dok sam smišljao kako da započnem razgovor. Ona je prekinula tišinu.

”Otkud ti, šta radiš?”

A onda, kao da se nečeg setila, zastala je. Tog trenutka sam pomislio da se umorila, ili da je baš jako zanimalo šta ću da odgovorim. Trebalo je da prođe nekoliko sati, da tek kasnije shvatim šta se tad zapravo desilo. Bila je starija od mene, i očigledno, mnogo iskusnija.

Setila se da sam hodao iza nje, videla je da sam crven u licu i zbunjen pred njom. Mogla je da pretpostavi šta se dešavalo. Pa je želela to i da proveri. Znala je kako je bila obučena i kako je to moglo da deluje na mene. Postavila mi je neko obično pitanje i dok sam ja nespretno odgovarao na njega, brzim pogledom je preletela preko mojih bedara.

Kurac mi je i dalje bio dignut i vrlo vidljiv u pantalonama. Primetio sam kako se zadovoljno nasmešila pre nego što je nastavila put ka kući.

Pričali smo sve do njene kapije, kad sam joj pružio kesu u ruku. Nasmešila mi se i mahnula na rastanku, i ja sam se okrenuo. Činilo mi se da je ostala na ulici, gledajući za mnom, ali nisam imao hrabrosti da se okrenem i proverim to.

Čim sam ušao unutra, otkopčao sam šlic i uzeo ga u ruku. Odmah sam počeo da ga drkam, još u hodu. Prišao sam prozoru drkajući. Bili smo prve komšije i mogao sam lepo da vidim njenu kuću. Nisam video Milenu, već je bila ušla, ali i dalje sam gledao kroz prozor. Ne toliko u nadi da ću je videti, koliko zbog toga što nisam mogao da prestanem da drkam. Kao da sam samim gledanjem u njenu kuću bio bliži njoj. Zamišljao sam njeno dupe u koje sam buljio ranije, maštao o tome kako nije odolela do posle prodavnice dođe kod mene, kako joj skidam šorc i kako je guzim na krevetu u svojoj sobi.

Brzo sam počeo da svršavam. Nisam uspeo da to drugačije organizujem, pa sam semenom isprskao parket pored prozora. Otvorio sam oči nakon što sam završio. Obrisao sam maramicom ostatke sperme, i ponovo pogledao ka njenoj kući. Dlan mi je i dalje prelazio preko čvrstog tela kurca. Očigledno mi nije bilo dovoljno. Neko vreme sam polako odsutno dodirivao kurac, a onda sam se sklonio od prozora.

To mi nije bio prvi put da drkam na nju. Ona je bila jedna od mojih omiljenih tema za maštanje. Doselila se u naš komšiluk otprilike u vreme kad sam ulazio u pubertet, i od trenutka kad sam je prvi put video, nije prestajala da bude važna osoba za mene. Moja prva drkanja su bila posvećena njoj. U to vreme sam je često viđao u dvorištu. Leta su bila posebna za to. Još uvek pamtim kako sam u osnovnoj školi bio priljubljen uz staklo prozora, dok sam je gledao kako se u bikiniju sunča na travi iza kuće. Nebrojeno puta sam imao kurac u ruci dok sam je krišom posmatrao sakriven iza prozora.

Mislim da me je njen muž jedanput video u tom položaju. Po običaju sam drkao pored prozora, gledajući komšinicu Milenu kako zatvorenih očiju leži na stomaku, opružena na peškiru u svom dvorištu. Nisam ni primetio kad su se vrata njihove kuće otvorila. Video sam da je muž krenuo ka njoj, a onda se, ko zna zašto, okrenuo ka mom prozoru. Zastao je na trenutak dok je gledao u mom pravcu.

Nepomično sam držao kurac u ruci dok mi je srce lupalo od straha, kao da sam bio uhvaćen u nekom velikom nedelu. On se samo nasmešio i ćutke nastavio put ka svojoj ženi. Kleknuo je pored nje i zgrabio je za dupe. Držao je ruku tako dok ga je gnječio dlanom. Onda je ponovo pogledao ka mom prozoru. Tek kasnije sam shvatio da je to radio zbog mene, pravio se važan i pretpostavljao da će me to napaliti. Milena se malo pridigla i pogledala ga. Verovatno joj ništa nije bilo jasno. On je uhvatio prstima za gaćice i povukao ih ka butinama. Kad ih je skinuo do pola, brzo sam se sklonio sa prozora. Ni sam ne znam zbog čega sam se uplašio. Neko vreme sam stajao tako, ubrzano dišući, a onda sam ponovo uzeo kurac u ruku i nastavio da drkam. Nisam se više usuđivao da pogledam kroz prozor, ali i dalje sam imao jasnu sliku Milene pred sobom.

To se dešavalo pre desetak godina. Njen muž više ne živi sa njom, već duže vremena. Znam da je otputovao negde daleko, u Ameriku ili Kanadu, ali ne znam da li su razvedeni ili ne. Znam jedino da ga godinama nisam viđao.

Milena je živela sama sa svojom ćerkom. Nisam je baš poznavao, samo bismo se onako komšijski javili jedno drugom u prolazu. Znam da je išla u moju školu, i da je bila mlađa od mene. Ja imam dvadeset i tri godine, a pretpostavljam da bi ona mogla da ima osamnaest, možda sedamnaest godina. Naravno, ličila je na svoju majku. Ali samo licem. Dok je Milena imala dobro razvijeno dupe i male sise, njena Ana je imala uske kukove i velike čvrste sise. Imala je i lepu, dugu i ravnu plavu kosu, dok je njena mama svoju plavu kosu uvek nosila kratko podšišanu. Nisam nikad obraćao previše pažnje na Anu, uvek sam mislio da je klinka. Pored njene mame nisam ni imao vremena da gledam nju.

Ponovo sam se setio susreta na ulici. Tek tada sam shvatio da me je odmeravala jer je želela da vidi da li mi se kurac digao na nju, i da li sam se napalio. Bio sam previše zbunjen u njenom prisustvu da bih stigao da razmišljam o tome. I onda mi je sinulo – Milena je živela sama, bez muškarca. Razvedena ili ne, njen muž se odavno nije pojavljivao. I nikad nisam video nijednog muškarca kako dolazi kod nje. Odjednom mi je njeno odmeravanje moje erekcije na ulici delovalo drugačije i ozbiljnije. Nije više izgledalo kao da je to radila zbog svoje zabave. Izgledalo je kao da počinje da me gleda kao potencijalnog partnera. Što i nije bilo tako čudno. Nisam više bio klinac, a ona je bila sama, baš kao i ja.

Nekoliko meseci pre toga, raskinuo sam ozbiljnu vezu koja je trajala nekoliko studentskih godina. Bilo je to na obostranu želju. Jednostavno smo prestali da se razumemo i rastali smo se kao prijatelji. Od tad nisam tražio novu vezu. Nisam bio spreman za to a ni previše raspoložen. Niti je u mojoj blizini bilo neke devojke koju sam želeo da osvajam. Ali je zato postojala ozbiljna žena koju sam želeo oduvek, za koju sam tek shvatio da možda postoje šanse da je imam.

Sutradan sam pomerio svoj radni sto do prozora. Bilo je vreme pred ispite i odlučio sam da ih spremam pored prozora koji gleda na ulicu. Znao sam da će Milena pre ili kasnije ponovo krenuti u prodavnicu, a to sam sa svog mesta mogao da je vidim. Planirao sam da izađem za njom i da je ponovo sretnem na ulici. Nisam znao kako drugačije da organizujem susret. Prvo što mi je bilo palo na pamet je da odem tamo i zamolim je da mi pozajmi malo kafe ili šećera. Ali sam odmah shvatio da je to glupo. Kao fora iz pornića. Zašto bih pozajmljivao kad nam je prodavnica blizu? Osim toga, ta situacija nije izgledala kao nešto iz čega bi mogao da se razvije razgovor. Zbog toga sam odlučio da krenem sa drugom idejom.

Nisam je video tog dana. Ali sam sutradan čuo zvuk otvaranja njene kapije. Podigao sam pogled i video je kako izlazi iz kuće i kreće ka prodavnici. Ustao sam i krenuo napolje. Nisam žurio, znao sam gde ide i nisam hteo da rizikujem da me vidi pre nego što treba. Prošao sam pored prodavnice a onda sam zastao i okrenuo se. Nakon desetak minuta čekanja, ponovo je izašla na ulicu i krenula nazad ka kući. Osećao sam kako srce počinje ubrzano da mi lupa dok sam kretao ka njoj. Tek tad sam shvatio da nisam imao pojma šta ću da kažem.

Ponovo sam koračao iza nje i zurio u njeno dupe. Nekome bi ono možda bilo preveliko, ali meni je uvek izgledalo savršeno. Nosila je farmerke koje su dolazile do polovine listova. Kao u transu posmatrao sam crvene končiće izvezene na njenim džepovima, koji su se njihali levo i desno dok je pomerala svoja bedra. Gore je imala kratku i usku crvenu majcu i mogao sam da čujem jednoličan zvuk njenih kožnih sandala dok je hodala ispred mene. Sve to joj je pristajalo i lepo ih je nosila na sebi.

Onda se iznenada okrenula ka meni. Sigurno je čula korake pa je želela da vidi ko to ide iza nje. Nisam se setio da je trebalo da pokušam da budem tiši. Dok joj se na licu širio osmeh kad me je videla, shvatio sam da je moje lice sigurno sasvim crveno. Malo od stida što me je ponovo uhvatila, a više od uzbuđenosti. Tog puta je pogledom odmah brzo prešla preko mojih bedara. Zbunjeno sam ubrzao korak, promrmljao ''dobar dan'' i stao pored nje.

Polako smo išli ka njenoj kući. I ponovo sam joj nosio kese. Ali tada je naš razgovor bio ozbiljniji. Pitala me je da li imam devojku, zašto nemam i da li tražim neku. Dok sam joj zbunjeno odgovarao i dalje sam se pitao kako da od ovog razgovora napravim priliku za novi susret. Već smo bili stigli do njene kuće a nije mi padalo ništa na pamet. Vraćao sam joj kesu i već se spremao da je pitam da li je raspoložena da nekad odemo na piće. Svo vreme sam se nadao da me više ne gleda kao klinca i da joj to pitanje neće biti čudno. Ali pre nego što sam uspeo da progovorim, ona je pitala.

''Hvala ti što si mi ponovo pomogao. Hej, što ne bi nekad došao na ručak ili večeru? Znam da sad živiš sam, a pošto očigledno nemaš devojku da ti kuva...'', nasmejala se i napravila pauzu dok me je posmatrala "Mogla bih ja nešto da ti napravim. Ne brini, dobra sam kuvarica"

Zbunjeno sam se počešao po glavi. Nisam naš susret baš tako zamišljao, ali i to je bilo nešto. Milena me je posmatrala i očigledno je moje oklevanje pogrešno protumačila kao odbijanje.

"U stvari, znaš šta? Ako imaš vremena, mogao bi sad da uđeš na piće. Zaslužio si, dvaput si mi pomogao"

Klimnuo sam glavom i ona se zadovoljno nasmešila. Blago me je obuhvatila oko struka dok smo ulazili u njeno dvorište.

"I taman da lepo proćaskamo o tim devojkama. Možda bih mogla i nešto da te naučim o tome"

Vragolasto mi se nasmešila dok me je uvodila u kuću. Da to nije bila Milena, komšinica koju znam oduvek, pomislio bih da flertuje sa mnom. Uvela me je u dnevnu sobu, dovela do fotelje i rekla da će na brzinu da se presvuče. Dok sam je čekao, vežbao sam matematiku i razmišljao o njenim godinama. Ako njena ćerka Ana ima osamnaest, ona bi mogla da ima četrdeset, mada je sigurno imala nešto manje od toga. Teoretski, mogla je da ima i trideset pet. Što znači da je razlika između nas najmanje dvanaest godina. Ana mi je bila daleko bliža, svega pet godina razlike. Pitao sam se zbog čega mi se onda kurac uporno dizao na Milenu, umesto na njenu ćerku?

Vratila se u sobu noseći dva soka u ruci. Na sebi je imala usku kratku belu haljinu. Pružila mi je sok u ruku, a onda prošla između stočića i fotelje u kojoj sam ja sedeo. Iako je lakše mogla da prođe sa druge strane, prošla je baš tuda i to okrenuta ka meni. To je uradila tako polako da mi se činilo da je bilo namerno. Zurio sam u njena velika bedra utegnuta u usku haljinu dok su sporo prolazila pored mog lica. Ispod haljine nije nosila ništa, mogao sam da vidim obrise njenih usmina i osetim njen miris. Ponovo sam sebi morao da postavim neverovatno pitanje – da li je moguće da ona to mene muva?

Prekrstila je noge na trosedu, otpila malo soka i pogledala me.

"I znači... devojke"

Nasmejala se dok je stavljala čašu na sto.

"Pričaj mi o njima. Baš me zanima kakve si veze imao i kako se mladi danas druže"

"Pa dobro, mislim da i vi to znate, niste ni vi stari"

Smeškala se zadovoljna odgovorom. Pričao sam joj malo o svojim vezama, kako su trajale i zašto nisu uspevala, a onda me je prekinula.

"A jel si nekad imao neku stariju?"

Iznenađeno sam je pogledao, pa je nastavila.

"Mislim, ne baš puno stariju, samo onako, malo, i iskusniju"

"Ne, baš nikad"

Malo se pomerila, prekrštena kolena su joj nervozno šetala levo i desno dok me je uzbuđeno odmeravala. To više nije ni pokušavala da sakrije.

"A možda bi ti baš to koristilo. Da budeš sa nekom iskusnijom koja bi te razumela"

Skoro da sam se trgnuo. Kao da su me tek te reči vratile u realnost. Do tad sam mislio da bezazleno ćaskamo, i da samo umišljam da me muva. Nisam umišljao. Tek tad sam shvatio koliko sam blizu onoga o čemu sam dugo maštao, da budem sa komšinicom Milenom. Pogled mi je sam od sebe skrenuo na njenu otkrivenu butinu, a onda sam je brzo zbunjeno pogledao u oči.

"Možda"

Podigla je nogu i blago raširila kolena dok su joj oba stopala bila na zemlji. Izgledala je kao da je svakog časa spremna da ustane.

"A jel bi želeo da budeš sa nekom iskusnijom, koja bi bila spremna da te primi?"

Malo mi se zavrtelo u glavi od tih reči i uzbuđenja. Nisam znao šta da joj odgovorim. Delovalo mi je potpuno nestvarno. Ali već sam mogao da je vidim kako zadiže suknju dok se sprema da me zajaše u njenoj dnevnoj sobi. Ali jedva je uspela da završi rečenicu, kad se začuo zvuk otvaranja vrata.

"Ćao mama, stigla sam"

Milena me je gledala u oči nekoliko trenutaka. Blago se smešila i delovala tek malo razočarano. Ponovo nisam bio siguran da li me je samo zezala. Ustala je, nežno mi dlanom dodirnula rame u prolazu, a onda je otišla do vrata od sobe.

"Ćao. Evo nas u dnevnoj sobi"

Vratila se nekoliko sekundi kasnije. Ispred nje je išla Ana, koju je Milena blago držala za ramena. Ana mi se nasmešila, prišla mi je i rukovala se sa mnom. Otišla je ka dvosedu naspram mene, dok se Milena ponovo vratila na svoje mesto. Posmatrao sam Anu kako seda tačno ispred mene, a onda shvatio da ne bi trebalo da je posmatram. Nosila je uske bele helanke, i čim se spustila na dvosed, podigla je i stopala na njega. Shvatio sam da je klinka, očigledno nije imala pojma koliko to može da pokaže i kako to može da deluje.

Skrenuo sam pogled ka Mileni. Smireno je pričala sa Anom, ispitivala je kako je provela dan i kako je bilo u školi. Pretvarala se da ne primećuje kako Ana sedi i kao da je ne zanima da li joj gledam ćerku. Držao sam pogled upravljen ka Mileni dokle god sam mogao, a onda sam shvatio da je glupo da se foliram. Ana je sedela tačno ispred mene i nije bilo razloga da stalno gledam u stranu. Pogotovo zbog toga što sam želeo da gledam u nju.

Njena gola stopala su još uvek bila gore. Držala je ruke obavijene oko potkolenica dok je razgovarala sa Milenom. Zurio sam u njene butine utegnute u helanke. Iznad njenih stopala, između butina lepo su se oslikavali obrisi njene pičke. Osetio sam kako mi kurac ispunjava pantalone. Njih dve su posmatrale jedna drugu, a ja više nisam ni želeo ni mogao da od Milene krijem svoje napaljene poglede.

Ana je bezazleno raširila kolena i stavila ruke pored sebe. Mislim da više nisam treptao dok sam zurio između njenih raširenih nogu. Posmatrao sam kako se njene usmine ljuljaju dok se ona pomerala na dvosedu.

To je bio prvi put da sam stvarno video Anu kao poželjnu devojku. Do tada sam je uvek smatrao za klinku, za nekoga kome bih se javio u prolazu. Tog dana sam je prvi put gledao kao devojku koju bih rado tucao. Kurac me je već boleo koliko je ispunio farmerke. Netremice sam zurio u njenu pičku i posmatrao velike sise kako se ravnomerno dižu ispod bele majce.

Onda sam shvatio da su prestale da pričaju. Okrenuo sam se ka Mileni i video da me mirno gleda, smeškajući se. Ako dotad nije primetila kako joj gledam ćerku, tada jeste. Nije izgledalo kao da joj to smeta, činilo mi se kao da je moji takvi pogledi zabavljaju. Ponovo sam pogledao Anu. Ona i dalje nije ništa primećivala. Zamišljeno je pomerala kolena levo i desno, širila je i skupljala noge, potpuno nesvesna toga kako to izgleda i šta mi time radi. Onda je pogledala naše čaše na stolu i okrenula se ka Mileni.

”Jel ima još soka?”

”Nema”, Milena je odmahnula glavom, onda je napravila pauzu i nastavila ”Ali mogla bi da odeš do prodavnice da ga kupiš”

Ana je odmahnula rukom.

”Ma nema veze”

Ustala je skupljenih nogu i namestila kosu iza uva, dok se spremala da pođe.

”Idem da se tuširam”

”Čekaj malo”, Milena je zaustavila nasred sobe.

”Jel se znate vas dvoje?”

Ana je začuđeno pogledala.

”Pa naravno da se znamo. Odavno”

”Da, da”, dodao sam ”Znamo se”

”Ali niste se dugo videli, jel da?”

Tad sam shvatio šta Milena radi. Provalila je da gledam Anu, i želela je da mi pruži šansu da je još malo odmerim. Tako nešto bi me obično postidelo. Ali Milena je nekako čudno uticala na mene. Osećao sam da ona sve kapira, i da u njenom prisustvu ne moram da se pretvaram. Odjednom sam se osetio nekako zrelije i opuštenije.

Zbog toga sam dobro i smireno odmerio Anu pogledom. Stajala je ispred nas skupljenih stopala, i tek tad sam primetio koliko ima dobre noge. Odmerio sam je od glave do pete i shvatio da, koliko god bila različita od Milene, odlično izgleda. Zurio sam u njenu pičku i mali razmak između vrha butina, kad sam shvatio da mi je Milena nešto rekla.

"Jel znaš da je Ana napunila osamnaest godina?"

"Stvarno?"

"Da, da. Sad je velika devojka. Može da radi šta god hoće"

Ana se nasmešila i odmahnula rukom.

"Ma da..."

Ništa nije kapirala. Krenula je napolje iz sobe, ka kupatilu. Gledao sam za njom dok je odlazila, nisam više osećao blam zbog Milene. Sačekala je da skrenem pogled sa dupeta njene ćerke a onda se zagledala u moje oči. Nekoliko trenutaka me je ispitivački gledala, kao da je razmišljala šta da kaže.

"Jel ti se sviđa Ana?"

"Lepa je devojka"

"Nisam te to pitala, znam da je lepa. Zanima me da li ti se sviđa?"

Nije bilo razloga da lažem.

"Da, sviđa mi se. Liči na vas, naravno"

I dalje nije skidala pogled sa mene.

"Jel bi želeo da budeš sa njom?"

"Šta?"

"Znaš šta te pitam. Da li bi voleo da je tucaš?"

Malo sam se trgnuo od tih reči. Nisam mogao da verujem šta me pita. Mislim da sam samo zbunjeno, ćutke i otvorenih usta zurio u nju, nemoćan da bilo šta kažem. Imao sam osećaj da su protekle godine pre nego što je odmahnula rukom.

"Oh, ne brini. Nije trik pitanje. Svaki odgovor je dobar. Samo jedan je iskren", nasmejala se, "ali svaki je dobar"

"Ali, ne razumem. Ona je vaša ćerka. Ne bih, ne razumem kako..."

Sad je na nju bio red da se iznenadi. Gledala me je širom otvorenih očiju.

”Pa ti ne znaš?”

”Ne znam šta?”

Nasmešila se.

”Nije mi ona prava ćerka. Ne biološki barem. Zovem je ćerka i ona mene mama, ali nismo nikakav rod”

”Ali kako tako ličite?”

Slegnula je ramenima.

”Slučajnost. Dugo živimo zajedno, možda i zbog toga”

To je bilo veliko iznenađenje za mene. Polako sam zamišljeno klimao glavom dok sam razmišljao o tome što sam upravo saznao. Prenuo me je Milenin glas.

”I onda... Da li bi je tucao?”

Uzdahnuo sam. Bilo mi je neprijatno da pričam s njom o tome, ali bio sam napaljen i pomalo nervozan zbog njenih pitanja.

”Da, tucao bih je, baš bih to voleo. Dugo je nisam video, uvek sam mislio da je klinka, ali evo danas vidim... Baš je dobra riba”

Milena se smeškala. Delovala je zadovoljna odgovorom. Sedeli smo nekoliko trenutaka u tišini, a onda sam polako ustao. Iznenađeno me je pogledala.

”Gde ćeš ti?”

Začuđeno sam pokazao rukom prema kupatilu.

”Ana je došla... A i vreme je da krenem”

Milena je ustala i polako mi prišla blizu.

”Ali tek si stigao...”

Stala je mirno pored mene. Nije me dodirivala, ali njeno telo je bilo toliko blizu da mi se činilo da su nas milimetri delili. Osećao sam kako smo oboje ubrzano disali. Želeo sam da je zgrabim za dupe, zadignem joj haljinu i nabijem se u nju. Znao sam da je i ona to želela, čekala je da to uradim. Osetio sam kako se uzbuđujem od same pomisli na to. Ali nisam smeo da se nateram da uradim to.

Polako se odmaknula onda kad je shvatila da se neću pomeriti. Uhvatila me je za ruku i povukla ka kuhinji.

”Dođi. Hajde da napravimo sok za Anu”

”Mislio sam da nema soka?”

Okrenula se i nestašno se nasmešila.

”Ima jedan. Samo sam htela da je pošaljem napolje, da budemo sami”

I dalje me je držala za ruku kad smo ušli u kuhinju. Naslonila se na sto i povukla me bliže. Stao sam ispred nje. Uhvatila me je za ruku kad je progovorila.

”Znači, ustanovili smo da bi tucao Anu”

Klimnuo sam glavom. Osećao sam kako oboje brže dišemo jedno pored drugog.

”Definitivno”

”Ali, da bi je tucao, moraš prvo da ispuniš dva uslova”

Gledala me je u oči dok je naslonjena na sto držala moja oba dlana u svojim. Bio sam zbunjen.

”Koja dva?”

”Prvi je da prvo moraš da se tucaš sa mnom”

Nasmejao sam se. Odjednom sam se opustio. Samouvereno sam je odmerio.

”To neće biti problem”

”Uslov je da moraš mene da zadovoljiš. Moram da budem sigurna u kvalitet pre nego što ti dam ćerku”

Nasmešila se, uhvatila me za dupe i privukla sebi. Osetio sam kako je uzdrhtala kad je osetila moj kurac na stomaku. Obuhvatio sam je oko struka, drugu ruku joj stavio na potiljak i poljubio je. Oboje smo glasno i brzo dahtali dok mi je užurbano otkopčavala farmerke.

”A drugi uslov?”, pitao sam je između poljubaca.

”Drugi uslov... za moju ćerku stiže onda kad ispuniš prvi. Biraj ćerku, tucaj mamu”

”Mislio sam da joj niste mama?”

”Svejedno”

Nasmešio sam se dok mi je uzimala kurac u dlan. Nisam imao pojma da mi je zgodna komšinica tako duhovita. Drugom rukom je počela da zadiže haljinu, ali sam je zaustavio. Želeo sam da to ja uradim i da uživam u tome. Previše dugo sam čekao na to, i želeo sam da potpuno doživim trenutak prvog pogleda na njenu pičku.

Spustio sam pogled ka njenim bedrima. Prstima sam uhvatio ivice njene haljine, a onda je polako povlačio na gore. Butine su se sve više otkrivale preda mnom. Držala mi je kurac u ruci i posmatrala moje lice dok sam to radio. Mislim da je i njoj postalo jasno koliko je to bio važan trenutak za mene. Izgledalo je da je uživala u mojoj uzbuđenosti zbog pogleda na nju.

Butine su joj bile skoro potpuno otkrivene, već sam mogao da vidim nekoliko vrelih kapljica koje su se slivale između njih. Kad sam joj potpuno zadigao haljinu, video sam lepu pičku velikih usmina, kratko podšišanu i skroz natopljenu sokovima. Nisam imao pojma koliko je i ona ovo želela. Raširio sam joj noge i prišao bliže. Podigla je pogled ka meni, kao da se tek tad setila.

”Čekaj. Nisi imao devojku mesecima?”

Malo me je zbunila, skoro da sam se postideo.

”Pa... ne, nisam”

”Ne treba nam zaštita onda. Ne brini, ni ja nisam... dugo”

Obuhvatila me je rukama oko vrata i podigla pogled ka meni. Namestio sam glavić na ulaz njene pičke i polako ga gurao unutra. Gledali smo se u oči dok je kurac ulazio u nju. Čuo sam je kako sve brže diše. Tiho je stenjala dok sam joj ispunjavao unutrašnjost, a onda je zatvorila oči i pre nego što sam sasvim ušao. Bila je uska i očigledno se stvarno nije dugo jebala.

Kad sam ga potpuno nabio u nju, zastao sam. Osetio sam kako se naši stomaci dodiruju dok smo oboje brzo i uzbuđeno disali. Želeo sam da uživam u trenutku kojeg sam dugo čekao. Konačno jebem komšinicu Milenu. Polako sam počeo da ga vadim a onda ga ponovo gurnuo u nju. Čuo sam je kako tiho dahće.

”Ahhhh... Kako je dobro”

Video sam kako snažno grize usnu dok je duboko disala. Trudila se da bude tiha. Sto se ljuljao, škripao je dok smo se jebali. Nadao sam se da se Ana još uvek tušira, i da nas neće čuti. A opet, sama pomisao da bi mogla da nas čuje dok se jebemo me je još više uzbuđivala. Ubrzao sam pokrete dok je Milena i dalje uživala zatvorenih očiju.

Nisam dugo izdržao, predugo sam bio napaljen. Osetila je da ću da svršim i otvorila je oči kad sam ga vadio. Mislio sam da joj svršim na stomak, ali Milena je bila spremna da više uživa u tome. Brzo je kleknula ispred mene. Uzela je kurac u ruku i počela da ga drka. Sperma je poletela ka njoj nakon samo nekoliko pokreta ruke. Prvi mlaz joj je prešao preko lica a onda je uzela kurac između usana i primila ostatak u usta.

Progutala je spermu a onda je polako počela da mi puši kad je osetila da je izlivanje prestalo. Uhvatio sam je za glavu. Čuo sam je kako je zadovoljno mumlala i coktala, i shvatio da je uživala koliko i ja. Ni ona nije odavno pušila, kao što ni meni niko nije odavno pušio.

Ubrzo sam ponovo postao raspoložen za novu rundu.

Onda se odjednom začuo zvuk zatvaranje vrata. Oboje smo se trgnuli. Ali Milena je odmah nakon toga mirno nastavila da mi puši.

”Mama?”, čuo se Anin glas, ”Gde ste vi?”

Milena kao da nije mogla da se odvoji od kurca. Kad ga je konačno izvadila iz usta, glasno je odgovorila.

”Evo nas u kuhinji. Dođi”

”Šta?”

Prošaptao sam to zapanjen. Stajao sam spušteniih pantalona i dignutog kurca. Milena je klečala ispred mene. Njena haljina je i bila zadignuta i sa lica joj je curila moja sperma. A Ana je kretala ka nama. Brzo sam podigao farmerke i pokušao da ih zakopčam. Milena je spustila haljinu preko pičke i ustala. Smireno je uzela krpu, obrisala lice i okrenula se ka vratima. A onda je Ana ušla u kuhinju.

Stajao sam sakriven iza Mileninih leđa. I dalje sam zakopčavao farmerke kad je Ana ušla. Gledala nas je pomalo začuđeno.

”Šta radite vas dvoje tu?”

Milena je slegnula ramenima.

”Tražimo sok. Ali ga nema više”, pogledala me je i obrisala usnu, ”Izgleda da smo popili sve”

Ana je klimnula glavom.

”Aha, ok. Dobro, baš sam to htela... Ipak idem do prodavnice, imam vremena za to. Kupiću sok”

”E, to, super!”, Milena je krenula ka Ani i obema rukama je uhvatila za glavu, ”Baš to nam sad treba”

Tek kad je krenula da je poljubi, primetio sam da joj je na usnama ostala kapljica moje sperme. Ali šta sam mogao da kažem? Samo sam mogao da gledam kako je Milena usnama ostavljala moju spermu na Aninom obrazu. Ana se malo trgnula.

”Šta je to tako vlažno?”, dodirnula je prstima obraz, ”I lepljivo?”

Milena se oblizala, a onda je odmahnula rukom. Izgledala je kao da je tek tad postala svesna sperme na usnama.

”Sok. Znaš da sam malopre pila sok. Bio je odličan”

”A da, zaboravila sam”

Potapšala je Anu po guzi i ispratila je iz kuhinje.

”Ajde sad pođi. I kupi nekoliko vrsta, pravićemo koktel”

Već je bila pored mene. Ponovo je kleknula i otkopčavala mi šlic. Izgleda da joj se dopalo što mi je kurac ponovo dignut. Već ga je uzela u usta kad se ponovo začuo Anin glas.

”Koje vrste da uzmem?”

Milena je izvadila kurac iz usta.

”Bilo koji, svi su zdravi. Puni vitamina, minerala...” onda se ponovo okrenula ka meni i pogledala me, ”... belančevina”

Ustala je kad se začuo zvuk zatvaranja vrata. Pogledao sam je.

”I dakle, jel sam prošao test?”

”Jel sam ja svršila?”

Zbunjeno sam se nasmešio.

”Ok, izvinjavam se, zaboravio sam na to”

Uzela je vlažan kurac u ruku i krenula ka vratima.

”Dođi”

Povela me je kroz kuću, svo vreme me držeći za kurac. Ponovo me je uvela u dnevnu sobu i dovela do fotelje. Kad sam seo u nju, polako je zadigla haljinu. Dok sam gledao kako se pička ponovo otkriva preda mnom, pomislio sam kako je to čudno – pre samo petnaestak minuta sedeo sam na tom istom mestu, i za tako kratko vreme, sve je postalo drugačije.

Znao sam šta je želela. Spustio sam se malo niže u fotelji, da bi mogla lakše da me zajaše. Milovala je usmine dok me je gledala, a onda me je opkoračila. Uhvatio sam kurac u ruku i uspravio ga ka njoj. Obuhvatila ga je usminama i polako počela da seda na njega. Ponovo je zatvorila oči i glasno stenjala dok ga je primala u sebe. Ovaj put više nije morala da se suzdržava, i skoro da je vrištala od zadovoljstva. Kad se potpuno nabila na njega, nagnula se napred. Oslonila se dlanovima o naslon fotelje i počela da me jebe.

U prvom trenutku sam se ponovo setio Ane i zapitao se da li ću uspeti da svršim pre nego što se ona vrati. Ali Milena je znala šta radi. Brzo me je jahala i istovremeno vrtela bedrima na sve strane. Sve brže je dahtala, glasno je stenjala dok su joj se sise tresle ispred mog lica. Pridigao sam se i blago ugrizao jednu preko haljine. Čuo sam kako se kratko nasmejala. Uspravila se i uzela mi ruke u svoje. Podigla ih je do sisa i ostavila ih tamo. Kad sam joj obema rukama čvrsto zgrabio sise, oboje smo glasno zastenjali.

Još više je zadigla haljinu dok me je jahala. Prstima je potražila klitoris i odmah je počela brzo da ga trlja. Odjednom je zabacila telo unazad i počela je da svršava. Držao sam dlanove na njenim butinama dok sam gledao kako joj se telo grči u brzim trzajevima. Svršavala je glasno, nije brinula da li će je neko čuti. Još uvek je trljala klitoris i kad se ponovo nagnula unapred. Obuhvatio sam je rukama oko struka dok je ležala preko mene i osećao kako trzaji orgazma prolaze kroz njeno telo.

Ležala je u tišini na meni nekoliko trenutaka nakon svršavanja. Približila je glavu mojoj i poljubila me.

"Ovo je bilo jako dobro"

Počela je da se pridiže, ali je sam je odmah zaustavio i ponovo nabio na kurac. Čvršće sam je uzeo u dlanove i ustao, zajedno sa njom na sebi. "Opa!", čuo sam njen iznenađen uzvik dok sam je odjednom podigao u vazduh. Nije prestajala da se smeje dok sam je nosio u rukama kroz čitavu kuću, sve do kuhinje. Moj kurac je i dalje bio u njoj, i ona je poskakivala na njemu sa svakim mojim korakom.

Spustio sam je kad smo ponovo stigli do stola. Izvadio sam kurac iz nje i okrenuo je ka stolu. Odmah se naguzila, znala je šta hoću. Još malo sam joj zadigao haljinu i uživao u pogledu na njeno dupe. Onda sam je pljesnuo od čega je ona zadovoljno vrisnula. Ponovo sam ga gurnuo u nju i odmah počeo da ga brzo nabijam. Zavukao sam ruke ispod nje i potražio sise. Čvrsto sam ih zgrabio i stezao dok sam je jebao.

Sto je ponovo škripao pod nama, ali ovaj put nisam morao da pazim na tišinu. Sviđala mi se ta škripa njenog stola, jebao sam je još jače da bi zvuk bio još glasniji. Na stolu je bilo i nekoliko čaša, okrenutih naopačke i ostavljenih da se suše. I one su zveckale dok smo se jebali. Znao sam da u tom trenutku, sve i da se Ana pojavi na vratima, nije bilo šanse da prestanem da guzim Milenu. Zvuk udaranja mojih bedara o njeno dupe je bio sve brži. Čaše su zveckale i pravile dodatnu muziku, a sto je sve glasnije udarao u zid. Milena je ćutke trpela moja snažna nabijanja, a onda je okrenula profil ka meni. Znala je da ću uskoro da svršim.

Čim sam ga izvadio, spremno se okrenula. Očekivao sam da ponovo klekne, ili uradi nešto slično. Najmanje što sam očekivao bilo je ono što je uradila. Uzela je čašu sa stola u jednu ruku, kurac u drugu, a onda ga izdrkala u nju. Gledali smo se u oči dok je sperma ispunjavala visoku čašu. Nakon što sam svršio, kleknula je i jezikom pokupila ostatke sperme sa glavića.

U prvom trenutku, nisam uopšte razmišljao o razlozima. Onda sam mislio, možda nije htela da je ponovo isprskam, pošto Ana uskoro dolazi, a nije želela ni da joj prskam kuhinju. Nisam ni želeo ništa da je pitam. A onda je ona značajno podigla čašu i progovorila.

”Ovo je za Anu”

”Molim?”

”Ovo je deo drugog uslova”

Zbunjeno sam podizao farmerke.

”Ne razumem”

Pažljivo je ostavila čašu na sto.

”Znaš... Ana je napunila osamnaest. A još uvek je nevina. Ne brine me to previše, neke devojke se jednostavno kasnije seksualno probude, čak i u današnje vreme. Ali to će se desiti, pre ili kasnije”

Dok sam je slušao, pokušavao sam da se setim da li je neka iz moje generacija bila nevina u osamnaestoj. Klimnuo sam glavom kad sam shvatio da to jeste moguće. U svakom slučaju, to za Anu me uopšte nije iznenadilo. Milena je nastavila.

”Kad se to bude desilo, ne želim da joj nevinost uzme neki balavac, koji će to loše uraditi ili ostaviti traume. I ne želim da to bude neki školski zavodnik, koji će je tucati i ostaviti. Želela bih da je ti tucaš, da joj ti uzmeš nevinost i budeš prvi”

”Dobro, razumem to. Ali šta sa ovim?”, pokazao sam na čašu.

”Ovo?”

Nasmešila se dok je uzimala čašu i podizala je gore. Zadovoljno je posmatrala proizvod naše strasti a onda me ponovo pogledala.

”Moram prvo da ti kažem da ovo naše, od malopre, ono... Nije bio nikakav test, pogotovo nije imalo veze sa Anom. Želela sam te, i nisam pogrešila. Jedini pravi test za Anu, to je ono što je u ovoj čaši”

Zurio sam u nju očekujući nastavak priče.

”Da, i...?”

”Pomešaćemo ovo sa sokom i daćemo joj da proba”

”Ne dolazi u obzir”

Samo sam odmahivao glavom.

”Ne, to nije u redu”

Milena je ponovo spustila čašu na sto.

”Što ne bi bilo u redu? To su samo belančevine, ništa što svaka žena već nije probala. Osim toga, ako vodi nečemu dobrome za Anu, onda jeste u redu”

I dalje sam vrteo glavom, pokušavajući da pronađem reči. Ali osećao sam već da polako prihvatam njenu priču. Milena je nastavila.

”Hoću da vidim da li se slažete, da li te prihvata. Ako joj se tvoja sperma svidi, spremna je za tebe. I jebaćeš je uz moju pomoć. Ako joj se ne svidi, nikom ništa. Ali ako želiš da je jebeš, a znamo da želiš, jedini način da se to desi je da te prvo proba. Bez toga i bez moje pomoći, šanse da budeš sa njom su nikakve”

Začula su se ulazna vrata.

”Stigla sam!”

Gledali smo se u oči nekoliko trenutaka. Uzdahnuo sam i klimnuo glavom. Želeo sam da je jebem. Milena se radosno osmehnula. Sreća joj se videla iz sjajnih očiju. Okrenula se i otišla iz kuhinje.

”Baš super, kupila si puno sokova. Sačekaj nas u sobi, sad ćemo mi”

Vratila se u kuhinju sa punom kesom sokova koje je stavila na sto. Uzela je samo sok od narandže. Promućkala ga je a onda ga sipala preko moje sperme u čašu. Sipala je i za nas u druge dve čaše, a onda je kašičicom promešala spermu u Aninom soku. Ubacila je slamčice u čaše, dala je meni jedan a preostale uzela u ruku.

Ana je uzela sok čim ga je Milena stavila ispred njega. Približila je slamčicu usnama kad se nečeg setila. Desilo joj se nešto u prodavnici i želela je da nam to ispriča. Nisam imao pojma o čemu je pričala, ali u jednom momentu se toliko unela u objašnjavanje, da je vratila čašu soka na sto. Primetio sam da se Milena smeškala kad je videla kako nervozno lupkam stopalom o pod. Osećao sam se kao da čekam na rezultate lutrije.

Posmatrao sam Anu dok priča. Nosila je široku belu majcu i kratki šorc. Sedela je prekrštenih nogu dok je pričala. Osetio sam kako mi se kurac ponovo dizao dok je gledam. Bilo mi je drago što sam pristao na Milenin zahtev. Stvarno sam želeo da joj se svidi sok.

Izgleda da je Milena želela da mi skrati muke. Razumela je šta mi se dešava, pa je prekinula Anu u pola rečenice.

”Jel si probala sok? Reci mi kako ti se sviđa koktel”

Ana je pogledala čašu. Nagnula se unapred ka njemu dok je nastavljala priču. Uzela ga je u ruku i prinela slamčicu usnama dok smo je netremice gledali. Onda je povukla sok, čitav gutljaj i progutala ga.

”Dobar je”

Ruka joj je pošla da ga vrati na sto, već je nastavila prepričavanje anegdote, kad je odjednom zastala sa rukom u vazduhu.

”U stvari... Odličan je sok”

Vratila je slamčicu do usana i ponovo ga srknula.

”E, baš je dobar”, izvadila je slamčicu i otpila nekoliko gutljaja, ”Od čega ste ga napravili?”

”Ima svega. Znači, stvarno ti se sviđa?”

Ana je gutala sok, podizala je čašu i nije prestajala da ga pije dok je nije ispraznila.

”Mmmm, baš jako mi se sviđa, najbolji sok na svetu. Hoću još”

Milena i ja smo razmenili zadovoljne poglede, a onda je ona ponovo pogledala Anu.

”Sad nemam sve sastojke za to. Ali biće tog soka još, obećavam”

Ana je vratila čašu na sto.

”Super, jedva čekam”

Milena me je ponovo pogledala, a onda je vratila pogled ka Ani.

”Nego, nešto sam htela da ti kažem. Pričala sam sa Milanom, i on je pristao da te podučava matematiku”

Šta sam pristao? Ana me je pogledala i klimala glavom zadovoljno.

”Baš super. Znači, bićeš mi profesor”, nasmejala se.

”Nismo se još dogovorili za vreme, ali mislim da će on moći da dolazi svaki dan”

”Odlično”

Začuo se zvuk poruke. Ana je pogledala telefon, a onda je brzo ustala. Pogledala je ka Mileni.

”Moram da idem da se vidim sa Tamarom. Malo je poranila”

Kad je prošla pored mene, nehajno mi je prešla dlanom preko ramena.

”Doviđenja profesore”

Milena naravno nije znala da nisam imao pojma sa matematikom. Ali i da jeste, ne verujem da bi joj to smetalo. Mislila je da je to dobar način da ostvarimo ono što je zamislila. Ali, zbog tog neznanja sutradan sam imao tremu pred odlazak kod njih. Skoro kao da sam išao na ispit za koga se nisam spremao. Nisam znao šta mogu da očekujem, šta mogu da pružim sa svojim oskudnim znanjem matematike. A još manje sam znao kako bih mogao da glumim frajera i zavodim je dok joj objašnjavam formule i razlomke.

Ispostavilo se da se ništa posebno nije desilo. Čak ni Milena nije bila tu. Sačekala me je na vratima, ali se odmah izvinila i otišla negde. Ana me je povela do sobe, seli smo za njen sto i ja sam gledao kako rešava zadatke. Kad bismo imali neki problem, potražili smo odgovor na internetu. Čak mi je i seksualna napetost nestala. Ana je bila obučena u trenerku i široku majcu, i bila potpuno posvećena rešavanju zadataka. I sam sam bio toliko koncentrisan da negde ne zabrljam, da sam zaboravio na sve drugo osim matematike. Nakon sat vremena, Ana mi se zahvalila i ispratila me do vrata.

Čitava ideja mi je tad izgledala kao potpuni promašaj. Nisam video kako bi to moglo da uspe. Čak sam počeo da razmišljam da prekinem sve to, i smišljao razloge kao opravdanje. Nisam želeo da neuspeh sa Anom ugrozi moj kontakt sa Milenom. Kad sam došao kući, planirao sam da nastavim spremanje ispita, ali nije bilo šanse da se koncentrišem na učenje. Onda sam mislio da barem izdrkam, ali sam toliko bio razočaran tim danom, da mi nije bilo ni do toga. I dalje sam se ložio na Anu, ali uopšte mi se nije sviđalo kako su se stvari razvijale.

Sutradan me je Milena ponovo dočekala na vratima. Široko mi se nasmejala, a onda se osvrnula oko sebe i krišom me na brzinu poljubila. Odmah mi se ponovo izvinila zbog toga što je juče morala da ode, video sam da je to iskreno mislila. Okrenula je glavu i viknula.

"Ana! Milan ti je stigao!"

Svidelo mi se kako je to zvučalo. Ana je izašla iz sobe i prišla mi. Rukovali smo se a onda me je pozvala u sobu. Dok sam koračao za njom, Milena je hodala pored mene. Osetio sam njenu ruku na dupetu, grabila ga je čvrsto a onda nekoliko puta potapšala. Ana je otvorila sobu i ušla unutra. Pre nego što sam stigao da uđem za njom, Milena me je zaustavila na vratima. Prislonila je svoje lice uz moje i prošaptala.

"Dok sediš tamo pored nje, znaj da sam u susednoj sobi"

Nisam znao zašto mi to priča. Klimnuo sam glavom i ona je nastavila.

"Sedeću raširenih nogu... Nestašnih prstiju. I misliti o vama. Nadam se da ćeš i ti misliti o meni"

Do tog trenutka nisam bio napaljen. Ali samo od njenog šaputanja i tih reči, kurac mi se potpuno digao. Pogledao sam za Milenom dok je odlazila od mene. Vrckala je dupetom u uskoj kratkoj suknji. Potpuno sam bio zaboravio na Anu. Kad sam se ponovo okrenuo ka sobi, nadao sam se da nije primetila taj pogled. Kao ni moju erekciju.

Ali ona je već bila zagledana u ekran kompjutera, spremna za čas matematike. Dok sam sedao pored nje, shvatio sam da sam i ja tog dana drugačiji. Matematika mi više nije odvlačila pažnju. Kurac mi je bio dignut i ponovo sam mogao da gledam Anu napaljenim očima. Opet je na sebi imala široku trenerku i duks, ali mi je izgledala poželjnije. I onda se izgleda opustila, počeli smo i da se šalimo dok smo rešavali zadatke. Ali i dalje nisam imao nikakav plan.

Setio sam se Milene. Zamislio sam je kako sedi u drugoj sobi. Kako drka zadignute suknje i raširenih nogu. Pretpostavljao sam da mašta o nama, da u mislima vidi kako se Ana i ja jebemo za njenim radnim stolom. Nadao sam se da će svršiti dok misli na to.

Pomisao na napaljenu Milenu me je još više uzbudila. Kurac mi se nije spuštao od kako sam ušao u sobu, i shvatio sam da nema šanse da tako izdržim čitav sat. U jednom momentu sam ozbiljno razmatrao ideju da ustanem. Ana je delovala zadubljena u rešavanje zadataka, možda ne bi ni primetila da sam ustao. Ili bi mislila da hoću da proteglim noge. A zapravo sam hteo da stanem iza nje, konačno otkopčam šlic, uzmem kurac i tiho ga izdrkam iza njenih leđa, dok ona rešava zadatke.

To bih sigurno i probao da uradim, da se vrata nisu otvorila. Milena je provirila kroz njih.

”Šta radite?”, smeškala nam se, ”Milane, jel bi mogao da dođeš da mi pomogneš nešto. Slavina mi se izgleda pokvarila, voda ne može da se zaustavi”

Odmah sam skočio na noge, jedva sam čekao na to.

”Naravno, nikakav problem”

”Ana izvini, sad će Milan da se vrati”

Čim me je uvela u kupatilo, naslonila se na umivaonik. Nismo ništa pričali. Odmah sam video koliko je naložena, još dok je stajala na vratima Anine sobe. Bilo je očigledno da je stvarno drkala u sobi. Zadigao sam joj suknju, ne baš nežno, i osetio kako je uzdrhtala od toga. Video sam da ne nosi gaćice, bila se spremila za brzo jebanje. Malo je raširila noge i brzo mi otkopčala šlic drhtavim rukama. Dok sam ga uzimao u ruku, uhvatila me je za dupe i privukla sebi.

Gledali smo se u oči i jebali se, trudeći se da budemo što tiši. Imao sam utisak da je svaki naš uzdah odzvanjao u kupatilu. Nadao sam se da je Ana još uvek u sobi, i da ne može da čuje kako se tucam sa Milenom. Kad sam čuo njeno glasno stenjanje, i ja sam počeo da svršavam. Nismo dugo izdržali, oboje smo bili napaljeni.

Drhtala je u orgazmu dok sam se snažno nabijao u nju, ali je ipak kleknula čim je videla da ću i ja da svršim. Ponovo je spremila čašu, i ponovo me malo iznenadila s tim. Brzim pokretima je i dalje trljala pičku, dok sam svršavao u čašu koju je držala drugom rukom. Kad je i poslednja kap iscurela, uzela je kurac u usta. Još je prelazila prstima preko vlažnih usmina i zadovoljno mumlala sa glavićem među usnama. Onda je ustala, znala je da nemamo puno vremena. Odmah je spustila suknju i krenula ka vratima. Uhvatio sam je za ruku.

”Čekaj”

”Šta?”

Probao sam da joj opet zadignem suknju.

”Hoću još jednom”

Nasmešila mi se ćutke i zadovoljno me pomalo iznenađeno pogledala.

”Ne profesore, sad imaš čas, Ana te čeka”

Skoro da sam zaboravio na nju. Uzdahnuo sam i klimnuo glavom.

Ubrzo sam ponovo sedeo pored Ane. Još uvek sam bio pomalo zadihan i oznojan od tucanja. Ana je mirno radila zadatke. Nije delovala kao da se pitala gde sam bio, ili kao da je nešto sumnjala. Posmatrao sam je dok je pisala, i osećao kako mi se kurac ponovo diže na nju. Iako je bila u širokoj trenerci ispod koje nisam mogao da vidim ništa, osećao sam vrelinu njenog tela i maštao o tome kako je tucam.

Onda se ona u jednom trenutku zaustavila. Zagledala se u nešto na monitoru, i zamišljeno vrtela olovku u ruci. Okrenula se ka meni.

”Okej, šta se dešava?”

Skoro da sam se trgnuo.

”Kako to misliš?”

Pitao sam se da li postoji mogućnost da zna da se Milena i ja tucamo? Da li nas je možda čula dok smo glasno stenjali u kupatilu? Nisam znao šta bih joj odgovorio da me pita za to. Gledala me je ispitivački, širom otvorenih očiju.

”Mislim da je očigledno da nemaš pojma sa matematikom. Odnosno, znaš onoliko koliko i ja. Zašto te je onda moja keva uzela da mi predaješ?”

Gledao sam je ćutke, ne znajući šta da kažem. To je bilo još teže pitanje od onog koga sam očekivao. Videla je da oklevam pa je nastavila.

”Jel fora u kinti? Slagao si je da znaš matematiku, samo da bi joj uzeo neku kintu? Jel to?”

Odmahnuo sam glavom. Krenulo je u potpuno pogrešnom smeru.

”Ne, ne. Nema veze sa tim. Ja čak i ne uzimam novac”

”Ne dobijaš ništa za ovo?”

”Ne”

”Pa u čemu je fora onda? Tek sad ne razumem...”

Uzdahnuo sam, a onda namerno napravio pauzu. Već sam znao šta ću da kažem.

”Znaš...”, spustio sam pogled i uzdahnuo, a onda je ponovo pogledao, ”Ti mi se sviđaš. I kad je tvoja keva rekla da ti treba pomoć, ponudio sam se. Nisam uopšte ni razmišljao o tome. Samo sam mislio da je to prilika da te malo bolje upoznam. Da provedem malo vremena pored tebe”

Svo vreme me je posmatrala, dok joj je lice postepeno crvenilo. Pokušala je da se blago nasmeši a onda se zbunjeno ponovo okrenula ka monitoru. Ćutke je zurila u njega i pokušala da nastavi sa rešavanjem zadataka. Očigledno se bila zbunila, nije znala kako da odgovori. Pogledao sam na sat.

”Gle, skoro da je vreme za kraj časa”

”Da, vidi stvarno. Brzo je prošlo vreme”

Ustao sam i osetio kako mi je kurac nabrekao u zategnutim pantalonama. Nije to videla, nije me pogledala i nije me ispratila kad sam izašao. Otišao sam u dnevnu sobu da se pozdravim sa Milenom. Čim me je videla, ustala je i krenula ka meni. Primetio sam kako joj je hod bio nesiguran dok mi se približavala. Prišla mi je i jednom rukom me obuhvatila oko struka. Drugom mi je uzela dlan, i prislonila ga uz svoju suknju. Mogao sam da osetim koliko je vlažna između nogu.

Pogledala je iza mojih leđa dok me je grlila, i viknula ka Aninoj sobi.

”Ana! Ajde da nam kupiš sok!”

Razdvojili smo se pre nego što je stigla do nas.

"Može, idem. Oće biti opet onog soka?"

"Naravno, zato te i šaljem"

Ana se široko nasmešila.

"Super! Brzo se vraćam"

Gledali smo za njom dok je izlazila. Čim su se vrata zatvorila, Milena je zadigla suknju. Ponovo mi je uzela dlan i stavila ga u gaćice. Izgledalo mi je kao da nije planirala taj naš novi susret, čim ih je ponovo obukla. Ali, verovatno je opet drkala na krevetu, napalila se i čekala da izađem iz Anine sobe. Dok sam joj prstima dodirivao pičku u vlažnim gaćicama, pomerala mi je brzo dlan levo i desno. Strasno me je ljubila u usta. Disala je brzo dok su nam se jezici preplitali. Njena bedra su se sve brže pomerala, a onda je čitavo telo počelo da joj se trese u orgazmu. Prestala je da me ljubi, zabacila je glavu unazad i glasno svršila zatvorenih očiju. Pustila je moj dlan i brzim pokretima prstiju prelazila preko klitorisa. Uhvatio sam je za dupe i osećao kako drhtavica prolazi njenim telom.

Otvorila je oči kad je svršavanje prestalo. Nasmešila mi se zadovoljno.

"Trebalo mi je ovo"

Otkopčao sam šlic i izvadio ga napolje.

"Ali sad i meni treba"

Kad sam je zgrabio za dupe i povukao sebi, blago me je odgurnula.

"Čekaj, ne ovde"

Krenula je ka kupatilu. Suknja joj je i dalje bila zadignuta. Okrenula se ka meni i nasmešila kad sam je uhvatio za dupe. Ispružila je ruku, zgrabila me za kurac i tako vukla ka vratima.

Čim smo ušli unutra, zadigla je suknju još malo i naguzila se iznad umivaonika. Stao sam iza nje. Uhvatio sam je za dupe i posmatrao njeno lice u ogledalu. Bila je oznojana, njena kosa je bila pomalo ulepljena za lice. Još uvek je brzo disala i čekala da uđem u nju. Uživao sam u pogledu, stezao joj dupe i drugom rukom lagano drkao. Prišao sam joj bliže, protrljao glavićem usmine, a onda ga gurnuo unutra. Tiho je zastenjala dok je kurac ulazio u nju. Posmatrala me je u ogledalu kako se oznojan i napaljenog lica nabijam u nju odpozadi.

Držao sam obe ruke na njenom dupetu i snažno ga gnječio. Žurno sam ga gurao, želeo sam da što pre svršim. Nismo ni imali puno vremena za uživanje. Dok su mi bedra brzo tapkala po njenom dupetu, butinama se nabijala na umivaonik. I dalje me je posmatrala u ogledalu kad je skinula majcu. Uzdahnuo sam kad sam joj video sise. Male, čvste sise su brzo skakutale dok sam je jebao. Uhvatio sam je jednom rukom za kosu i povukao na gore. Želeo sam da vidim sise još bolje. Njene male tamne bradavice poskakivale su na sve strane. Zavukao sam ruku ispod njene miške i uhvatio je za sise. Oboje smo glasno zastenjali kad sam ih čvrsto stegao.

Onda su se začula ulazna vrata. Prestao sam da je jebem. Oboje smo instinktivno pogledali ka vratima kupatila. Okrenula se i pogledala me pomalo uplašeno.

”Nisam zaključala vrata”

Kurac mi je i dalje bio u njoj dok smo osluškivali zvuke iz kuće. A onda sam polako nastavio da je jebem. Nisam mogao da se suzdržim. Pljesnula me je po dupetu, a onda se i sama nasmejala kad je shvatila da nema šanse da prestanem. Ubrzo smo začuli glas ispred vrata.

”Mama... Jel si tu?”

Ana je stajala ispred kupatila. Ovaj put nisam ni pokušao da prekinem sa jebanjem. Milena se trudila da joj glas zvuči smireno.

”Tu sam, sređujem se”

”Jel mogu da uđem?”

Odmah sam zamislio tu scenu. Ana otvara vrata i vidi kako joj guzim kevu ispred ogledala. Milena je brzo odgovorila.

”Ne, nemoj. Doći ću brzo”

”Dobro. Staviću sok u kuhinju. Pravićeš onaj koktel?”

Oboje smo pogledali u čašu sa mojom spermom. Još uvek je stajala na umivaoniku.

”Da, da, biće soka...”

"Odlično"

Ana je napravila par koraka, a onda se ponovo začuo njen glas.

"Gde je Milan?"

"Otišao je kući. Ne znam da li će se vraćati"

Svo vreme sam je tucao polako, nisam mogao da prekinem. Još više me je napalilo to što slušam Anin glas dok jebem Milenu. Želeo sam da ih slušam još, ali ipak mi je laknulo kad sam je čuo kako odlazi. Ponovo sam mogao da se svom silinom nabijam u Milenu.

Podigla je glavu, i ćutke me je posmatrala u ogledalu dok sam je jebao. Ubrzo sam počeo da svršavam. Izvukla je kurac iz sebe i ponovo kleknula. Ali više nije uzimala čašu. Obuhvatila je glavić usnama, i drkala ga u sebe. Trudio sam se da svršim tiho, da me Ana ne čuje. Držao sam je za glavu i slušao kako je zadovoljno stenjala dok joj je moja sperma ispunjavala usta.

Kad je sve progutala, izvadila je kurac iz sebe. Oblizala je usne i pogledala me odozdo. Slegnula je ramenima, kao da se pravda.

"Morala sam i ja da probam taj sok"

Izašli smo napolje kad smo se sredili. Uzela je čašu sperme u ruku, i tiho me ispratila do vrata. Okrenuo sam se pre nego što sam otišao.

"Jel ima neke šanse... Jel možemo da ponovimo ovo još jednom danas?"

Nasmešila se, ponovo prijatno iznenađena.

"Šta to?", želela je da čuje reči.

"Hteo bih da vas tucam još jednom danas"

Naslonila se na vrata i dobro me odmerila. Kao da nije znala šta da kaže. Onda je konačno progovorila.

"Nisam znao da si ti baš toliko napaljen na mene"

Slegnuo sam ramenima. Primetila je da sam se postideo, pa je odmah nastavila.

”I meni jako prija da sam s tobom. Nisam ni znala da će mi ovoliko prijati”

Klimnuo sam glavom.

”Onda... Danas?”

”Nisam sigurna za danas. Ali možemo nekad da organizujemo jedan dobar maraton”

”Maraton?”

”Da odvojimo čitav dan samo za nas. Da vidimo koja je tvoja brojka. Koliko sokova možeš da napraviš za jedan dan”

Kikotala se kao devojčica dok je gledala moj zbunjeni pogled. Onda me je kratko poljubila. Potapšala me je po dupetu i podsetila da moram da izađem.

Sutradan nisam imao priliku da je ponovo tucam. Došla je u kuću malo nakon što sam ja ušao u Aninu sobu, i bilo je glupo da nam ponovo prekida ”čas” da bih joj nešto popravio. Ali zato sam, čim sam ušao u Aninu sobu, primetio promenu na njoj. Nije više nosila trenerku, široke majce i dukseve. Imala je bele helanke, iste one u kojima mi je nesvesno pokazivala usmine par dana pre toga, i svetlo plavu, usku majcu na bretele. Nekako me je drugačije gledala dok me je uvodila u svoju sobu.

Kad smo seli, pogledala je u monitor i otvorila sveske, kao i obično. Nekoliko trenutaka je zurila u listove, a onda se okrenula ka meni.

”Znači, ako sam dobro razumela, Milena ne zna da se ne razumeš u matematiku?”

Odmahnuo sam glavom.

”Nema pojma”

”Super”, zatvorila je svesku, ”Onda možemo da igramo igrice”

”Igrice? Jel si sigurna?”

Već je držala miš u ruci i tražila pogledom nešto na monitoru. Klimnula je glavom.

”Sto posto sigurna. Dobila sam četvorku, a moja keva ima tu neku nenormalnu želju da imam sve petice. Na kraju ću svakako dobiti peticu, neće me profesorica zeznuti za prosek”

Slegnuo sam ramenima.

”Ok, ako je tako... Šta igramo?”

Uzela je džojstik sa stola i dala mi ga u ruke. Za sebe je uzela još jedan i pokrenula igricu. Igrali smo neku igru vožnje, trku kolima. I naravno, pobeđivala me je svaki put, jer me jurnjava virtuelnim kolima uopšte nije zanimala pored nje. Više sam gledao u nju nego u ekran. Skoro bez treptanja je posmatrala igru, dok je prste držala čvrsto oko džojstika. Zamišljao sam te njene duge prste obavijene oko mog kurca, maštao o tome kako ga drka dok se ljubimo ispred kompjutera. Pocupkivala je u stolici, skakutala u belim helankama dok je igrala, i njene velike sise su poskakivale ispod majce.

Sve to me je jako napalilo. Ispružio sam jednu ruku, i stavio dlan preko njene butine. Video sam kako joj se čitavo telo trgnulo na trenutak, ali se odmah ponovo opustila. Nastavila je da igra igricu, pretvarajući se da ne oseća ruku na svojim helankama. Ali primetio sam da je počela dublje da diše, i svoja kola je vozila sve slabije. Očigledno joj je dodir moje ruke prijao.

Pitao sam se da li je ikad osetila mušku ruku na svojim butinama ranije. Ana je bila lepotica, i dobra riba, i ta pomisao jeste zvučala neverovatno. Ali, isto tako neverovatna je bila njena nevinost. Lako je bilo moguće da se ni sa kim nije ni povatala.

Pomerao sam ruku polako po njenoj butini, klizio njome do kolena i nazad na gore. I dalje ništa nije govorila, nije prekidala igru, samo je disala dublje i izgledala crvenija u licu. Gledao sam kako joj se velike sise brzo podižu, dok sam osećao skoro bol u zategnutim farmerkama. Želeo sam da u dlanu držim nešto drugo umesto džojstika.

Milovao sam joj nogu još neko vreme, a onda sam odlučio da pređem na nešto ozbiljnije. Nisam razmišljao da li je spremna na to, jer nisam više ni razmišljao glavom. Polako sam prelazio dlanom od njenog kolena na gore, zadržao sam dlan na vrhu butina, a onda polako prešao na njena bedra. Prsti su mi već bili blizu njene pičke kad sam čuo njen drhtavi glas.

”E, već je kraj časa. Zamisli kako je brzo prošlo vreme”

Pogledao sam na sat.

”Imamo još pet minuta”

”Da, ali... Dosta smo igrali, zamorna mi je ova vožnja”

Uzdahnuo sam i sklonio ruku.

”Ok, verovatno si u pravu. Vidimo se sutra u isto vreme”

Izašao sam iz sobe i krenuo napolje, nadajući se da ću videti Milenu. Ali, ovaj put Ana je želela da me isprati do vrata. Dok je hodala iza mene, samo sam mahnuo Mileni u prolazu. Sedela je u dnevnoj sobi i činilo mi se da je i ona razočarana što nemamo vremena za susret.

Čim sam došao kući, naravno, izdrkao sam ga. Već je bilo predveče kad sam se istuširao i bacio se na spremanje ispita. Ali misli su mi se stalno vraćale na njih dve. Izdržao sam tako dva ili tri sata, a onda sam nazvao Milenu na mobilni. Čim se javila, pozvao sam je da dođe.

”Sad?”, glas joj je zvučao začuđen.

”Da, sad”

”A što?”

Znala je što, samo je htela to da čuje.

”Zato što hoću da vas jebem. Što pre”

Začuo se uzdah, a onda njeno tiho stenjanje.

”Mmmmmm... To bih i ja jako želela. Ali ne mogu sad. Nikad ne izlazim u ovo vreme, i Ani bi to bilo jako čudno”

Ćutao sam razmišljajući šta da radim.

”Ajmo onda barem na skajp?”

”Možemo, ali... Možemo i nešto još bolje”

”Dobro. Šta?”

”Hm, ovako. Prvo, idi do kuhinje i pronađi neku čistu čašu. Onda sa njom dođi do prozora”

Znao sam zašto joj treba čaša. Uzeo sam je i stigao do prozora koji gleda ka njenoj kući.

”Ok, tu sam”

Veza se prekinula. Odmah nakon toga, u njenoj sobi na spratu se upalilo svetlo. Nekoliko trenutaka kasnije, ona se pojavila na prozoru. Mogao sam lepo da vidim njenu belu košulju i vrh njene suknje. Pogledala je ka mom prozoru, a onda počela polako da se dodiruje. Otkopčao sam šlic čim sam to video. Izvadio sam kurac i pokazao joj ga. Polako se pomerala i izvodila striptiz samo za mene. Drkao sam ga dok je polako otkopčavala košulju i svlačila suknju. Trajalo je kratko, nije imala puno toga da svlači, ali je bilo jako napaljivo. Verovatno i njoj koliko i meni.

Čim je ostala potpuno gola u sobi, stavila je obe ruke između nogu. Skinuo sam majcu i bacio je u stranu. Podigla je drugu ruku do sise i stezala je dok je brzo drkala. Otvorio sam prozor, želeo sam da i ona mene dobro vidi. Drkali smo u tišini, svako za sebe, gledajući netremice jedno drugoga. Onda je ona odjednom zastala, i nestala negde sa prozora. Vratila se trenutak kasnije. Bila je nasmejana. Podigla je ruku i pokazala mi veliki dildo ili vibrator. Spustila ga je između nogu i polako ga gurnula u sebe. Gurala ga je tako rukom nekoliko puta, a onda ga je oslonila na prozor i nabijala se čitavim telom na njega.

Drkao sam sve brže. Zamišljao sam je kako dahće, napaljena u sobi, dok je Ana negde u kući, igra igrice i ne sluti šta Milena radi sa mnom. Video sam kako Milena podiže telefon. Uzeo sam svoj telefon i pre nego što je zazvonio. Neko vreme je samo dahtala u slušalicu. Kao i ja. Drkali smo i stenjali jedno za drugoga. Slušao sam je kako je napaljena dok se trudi da bude tiha.

”Volela bih da si ovde sad, kako bih to volela...”

”I ja bih voleo”

”Volela bih da mi nabiješ svoju kurčinu, da te osetim u sebi. Ovaj vibrator je manji od tvog, ali maštam kako me ti jebeš. Jel bi ti voleo da me tucaš sad?”

”Samo to sad želim. Zamišljam kako ulazim u vas, osećam tople sokove na svom kurcu dok vas jebem”

”Nedostajao si mi danas. Nedostajao mi je tvoj kurac i tvoja blizina. Želela sam te čitav dan. Nemoj to više da radiš. Hoću da me jebeš svaki dan”

Vrtelo mi se u glavi od njenih reči. Do pre samo nekoliko dana, nisam ni sanjao da će moja komšinica ovako da mi priča. Da će ovoliko želeti da se jebe sa mnom. Više nije pričala, samo smo oboje stenjali u slušalicu. Slušali smo dahtanje jedno drugog i ložili se zbog toga. Slušao sam je kako svršava, a onda sam i ja počeo. Brzo sam sklonio telefon u stranu i uzeo čašu u ruku. Kad sam u nju izlio sve što sam imao, zadovoljno sam je podigao u vis i pokazao joj. Još uvek je prelazila prstima preko pičke. Nasmešila se kad je videla čašu.

Ponovo sam uzeo telefon u ruku. Neko vreme smo samo ćutali, slušali jedno drugog kako dišemo a onda je ona polako izvukla vibrator iz sebe. Čuo sam joj tihi glas.

”Ovo je bilo odlično. Baš mi je trebalo. Stavi čašu u frižider i ponesi je sutra. Samo pazi da Ana ne vidi”

Sutradan, petnaestak minuta pre mog zakazanog časa, stigao mi je sms od Milene – "Dođi odmah".

Minut kasnije bio sam na njenim vratima sa čašom u ruci. Uzela je čašu, zgrabila me za ruku i uvukla unutra. Poljubila me je na brzinu.

"Imamo vremena za jedan"

Očekivao sam da me povede ka dnevnoj sobi, ali nismo krenuli tamo. U hodu mi je objašnjavala da je Ana otišla do drugarice po nešto, i da će malo kasniti. Išli smo ka njenoj sobi, ali je onda zastala ispred Anine. Okrenula se ka meni i nestašno me pogledala dok je otvarala vrata. Začuđeno sam pokazao prstom.

"Tu?"

Klimnula je glavom odlučno.

"Da. Hoću da me jebeš baš ovde"

Primetila je moje oklevanje, pa me je povukla unutra. Stavila je čašu sperme na Anin sto a onda je otkopčala farmerke. Tek tad sam primetio da je imala farmerke. Pustila ih je da padnu do članaka, kad sam i ja otkopčao svoje i izvadio kurac. Naslonila se dupetom na Anin sto, okrenula glavu ka meni i pogledala me. Prišao sam joj i odmah gurnuo kurac u njenu vlažnu pičku. I dalje me je gledala u oči.

"Zar ovo nije jako napaljivo?"

Nisam ništa odgovorio. Zadigao sam joj majcu i uhvatio je za sise. Jeste bilo uzbudljivo, jebati je u sobi njene ćerke. Ali je u isto vreme bilo nekako previše napeto. Ana je mogla da dođe kući svakog trenutka. Ne znam šta bi rekla kad bi videla da joj guzim kevu.

Milena me je držala za dupe dok sam je jebao dok se drugom rukom oslanjala o sto. Za tim stolom sam sedeo sa Anom i pretvarao da je podučavam, dok sam je krišom odmeravao pogledom i planirao kako da je izjebem. Razmišljao sam o Ani dok sam jebao Milenu, i koliko god da me je napaljivalo što se tucamo tu, ipak sam često gledao ka vratima.

Milena je videla da nešto nije u redu. Blago me je gurnula, a onda je otišla do Aninog kreveta. Popela se na njega i naguzila. Gledao sam u njeno podignuto dupe i lagano drkao dok sam prilazio. Popeo sam se na krevet iza nje i ušao u nju od pozadi.

Tu sam bio opušteniji. I jeste bilo napaljivo u Aninoj sobi, bila je u pravu. Gledao sam Anine slike na zidovima i guzio Milenu. Ubrzo smo oboje počeli da glasno stenjemo. Milena je osetila da ću uskoro da svršim. Trgnula se kad se setila.

”Čaša!”

Okrenuli smo se ka stolu. Mislio sam da brzo odem do tamo, ali mi se nije odvajalo od Milene. Onda je ona primetila ostavljenu čašu pored kreveta na kome smo se jebali. Uzela je u ruku i pružila mi je. Na dnu čaše je bilo malo soka koga je Ana popila ranije. Držao sam čašu u ruci dok sam još guzio Milenu, a onda sam ga izvadio i izdrkao spermu u nju.

Milena se okrenula na krevetu ka meni. Gledala je kako prskam čašu, a onda je prinela glavu kurcu. Lizala je ostatke sperme i prelazila vlažnim prstima preko svojih usmina. Još uvek nije svršila i očigledno je planirala da to uradi. Kurac joj je i dalje bio u ustima, glavićem je sebi milovala usne, kad se začuo zvuk otvaranja ulaznih vrata. Brzo smo skočili na noge i navukli farmerke na sebe. Zakopčali smo se a onda smo krenuli ka izlazu. Na vratima smo se oboje setili istovremeno.

”Čaše!”

Milena je brzo uzela obe čaše u ruku i ponovo stala pored mene. U tom trenutku, vrata su se otvorila. Ana nas je gledala začuđenim pogledom.

”Otkud vi ovde?”

Pogledali smo se, a onda je Milena shvatila da stojimo pored stola.

”Ah ništa, samo smo hteli da vidimo nešto na internetu. Moj laptop nešto zeza, pa...”

”Aha, ok... Jel vi to pijete sok?”

Milenini prsti sakrivali su sadržinu čaša.

”Da”

”Onaj' sok?”

Milena se nasmešila.

”Da. Hoćeš i ti jedan?”

”Uffff, još pitaš. Baš bi me osvežio”

”Sad ću ti napraviti jedan”

Dok je prolazila pored nje, Milena je zastala i poljubila je u obraz. Pogledala me je a onda je izašla iz sobe. Znao sam zašto je to uradila. Ana je dodirnula obraz, obrisala ono što je Milena ostavila, a onda je prinela prste nosu i pomirisala.

”Da, ponovo isti sok. Baš ima lep miris”

Sela je pored kompjutera i ja sam prineo stolicu i seo pored nje. Nosila je kratak plavi šorc i atlet majcu koja je jedva skrivala njene velike sise. Dok je otvarala sveske, odlučio sam da se ne pretvaram, da ne bi zaboravila šta je ono što hoću. Odmah sam joj stavio ruku na butinu.

”Kako si Ana?”

Bila je malo napeta, ali pretvarala se da ne oseća dlan na sebi.

”Dobro sam. Bila sam malo u školi, i tako...”

Pretvarala se da gleda u sveske dok sam joj milovao nogu. Kurac mi se polako dizao od osećaja njene glatke zategnute kože. Sklonio sam ruku kad sam začuo Milenine korake. Pružila je Ani koktel za nju, a donela je i jedan ”običan” sok za mene. Pogledala me je, a onda je spustila pogled između mojih nogu. Nasmešila se i izašla napolje. Ana je uzela gutljaj soka i zatvorila oči uživajući.

”Uh, kako dobar sok”

Spustila je čašu na sto, proverila pogledom da li je Milena zatvorila vrata za sobom, a onda je sklonila sveske sa stola.

”Ok, predstava je završena”, nasmejala se.

Uključila je kompjuter i pokrenula igricu. Moja ruka je ponovo bila na njenoj butini. I dalje joj nije smetala. Jedva sam čekao da je jebem. Okrenula se ka meni.

”Hoćeš džojstik?”

”Hoćeš ti?”

Začuđeno me je pogledala.

”Pa imam već”

Bila je stvarno klinka, nije znala šta je pitam. Klimnuo sam glavom. Kad mi ga je dala u ruku, krišom sam ga okrenuo i isključio.

”Ovo ne radi”

Okrenula se ka meni.

”Kako ne radi?”

”Pa evo vidiš... Ništa”

Nekoliko trenutaka je gledala, a onda slegnula ramenima.

”Ma nema veze, igraćemo jedan po jedan. Svakako ću te pobediti”, nasmejala se.

Ona je igrala prva. Naravno da mi se odmah digao dok sam je gledao. Udubljena u igru, gledala je monitor dok mi je dlan nesputano prelazio preko njene butine. Želeo sam da je tucam odmah, tog dana, mada sam znao da ne postoje šanse za to. Kad je završila, okrenula se ka meni i zatapšala dlanovima srećno, zadovoljna rezultatom.

”Ajd sad da vidim tebe”

Uzeo sam džojstik u ruku i počeo da igram. Sklonio sam dlan sa nje. Sačekao sam nekoliko trenutaka, a onda sam uzeo njenu ruku u svoju. Doveo sam je do moje butine, polako prešao preko nje, a onda joj spustio dlan preko mog ukrućenog kurca. Osetio sam kako se trgnula kad ga je osetila pod prstima. Nekoliko trenutaka je držala ruku na njemu, a onda je brzo ponovo povukla sebi. Namerno sam loše odigrao i brzo prekinuo igru.

”Uf, baš sam se zeznuo. Bolja si”

Nije ništa rekla dok sam joj vraćao džojstik. Misli su joj verovatno još uvek bile na mom kurcu. Planirao sam da joj odmah ponovo stavim ruku na butinu. To je bilo prvo mesto koje sam osvojio, naša jedina tačka kontakta, i nisam smeo da dozvolim da pomisli da oklevam. Ali, pala mi je na pamet druga ideja. Dok je ona odsutno zurila u ekran, prosuo sam malo soka po svojoj stolici. A onda sam skočio kao oparen.

”Uh bre... Slučajno sam prosuo, izvini”

Brzim pogledom je proverila šta se dešava, a onda se vratila ekranu.

”Ma nema veze. Imaš maramice na stolu”

Obrisao sam sok sa stolice, a onda stao pored nje.

”Ne mogu da sedim, mokro je”

Spustio sam joj ruku na rame. Jedva sam se suzdržao da je ne uhvatim za sisu. Posmatrao sam joj deholte odozgo i oduševljeno gledao kako se velike i čvrste sise tresu dok je igrala. Ali nisam imao ništa od gledanja. Znao sam da ću uskoro morati da svršim. Moj ukrućeni kurac je stajao samo nekoliko santimetara od njenog lica. Pitao sam se da li bi joj smetalo ako bih ga izvadio, i izdrkao pored nje, i da li bi to uopšte primetila dok je bila zadubljena u igru. Možda bi kad bi okrenula glavu i videla veliki kurac pored lica, i to ignorisala, kao i moju ruku na butini. Nisam smeo da rizikujem.

Tek tad sam primetio da me posmatra odozdo. Njeno lice je stvarno stajalo preblizu mog kurca, koji je jako vidljivo bio podignut u farmerkama. Iako to ona sigurno nije primetila. Pružala mi je džojstik kojeg je držala u ruci. Tek kad sam ga uzeo u ruku, ona je shvatila da ne mogu da igram stojeći. Ustala je i ja sam seo na njeno mesto. Odmah sam podigao pogled ka njoj.

”Sedi mi u krilo”

”Misliš?”

”Ma da, glupo je da stojiš. Ovako možemo oboje da igramo”

Nasmešila se i sela. Provukao sam ruke ispod njenih i započeo igru. Sela je na moje butine, pazila je da mi se ne približi previše. Ponovo sam završio igru najbrže što sam mogao. Kad je uzela džojstik u ruke, malo sam je podigao i privukao bliže sebi.

”Bolje nam je ovako, lakše je”

Nije prokomentarisala, odmah je počela da igra. To sam ponovio još jednom dok je igrala. Promeškoljio sam se u stolici, podigao je i stavio je tačno na moj dignuti kurac. Čitavo njeno telo se trgnulo kad je osetila čvrstinu moje ukrućene motke pod svojim dupetom. Stavio sam obe ruke na njene butine i milovao ih. Prelazio sam polako preko njih, dodirivao im unutrašnji deo, a onda opet prelazio na spoljni. Navikavao sam je na svoj dodir, i trudio da je opustim. Učinilo mi se da je igru završila ranije nego uobičajeno. Kad mi je pružila džojstik, odmahnuo sam rukom.

"Ma ne, bolje igraj ti, sramota me da igram. Mnogo si dobra"

"He, he, jesam"

Ne znam da li smo mislili na istu stvar, ali nastavila je da igra. Ubrzo se potpuno opustila. Čak je i ponovo počela da cupka. Samo što to ovaj put nije bilo bezazleno skakutanje po stolici, nego trljanje na mom kurcu. Ne znam da li je uopšte bila svesna toga. Dlanovi su mi i dalje bili na njenim butinama. A onda sam odlučio da je vreme da ih pomerim dalje. Polako sam ih pomerio do dna stomaka, a onda nežnim dodirima prešao preko njega. Podizao sam ih sve više gore.

Kad sam osetio njene grudi, pratio sam dlanom njihov oblik, a onda ih čitave uzeo u dlan. Pomilovao sam ih i blago stegnuo. Nekoliko trenutaka sam ih držao u ruci, a onda je Ana prekinula igru. To se ranije nije desilo. Okrenula je profil ka meni. I dalje sam držao njene sise u rukama. Čekao sam da vidim šta će da uradi. Ćutala je nekoliko trenutaka, a onda je prošaptala.

"Jel ti se ja stvarno sviđam?"

"Da, baš mi se sviđaš"

Ponovo je okrenula profil ka monitoru. Nastavila je igru, a ja sam nastavio da se igram njenim sisama. Ubrzo je ponovo počela da mi cupka u krilu. Ali to je tada radila namerno. Pomerala je dupe po čitavoj dužini mog kurca. Ljuljala ga je levo i desno dok je igrala igricu. Znala je šta mi time radi, nije bila tolika klinka. Nije bila naročito vešta u tome, ali nije mi ni trebala veština. Sve čvršće sam joj stezao sise i znao sam da ću uskoro svršiti.

Onda smo začuli kucanje na vratima. Pretpostavljao sam da Milena ne bi imala ništa protiv da me vidi sa rukama na Aninim sisama, ali Ani bi to smetalo. Zato sam ih odmah spustio dole. Ana je viknula "Napred" i vrata su se otvorila.

Ali na njima nije bila Milena. Na vratima je stajala dugokosa devojka crne kose. Iznenađeno nam se smeškala dok nas je posmatrala.

"Ijuu... Šta to radite vi?"

Ana je odmah skočila na noge.

"Evo ništa, jedna stolica je mokra, pa zato..."

Crnka mi je pružila ruku, i Ana nas je upoznala. Bila je to Tamara, njena prijateljica. Rekla je da zna ko sam, mada se ne sećam da sam je ranije viđao. Ana nam je pokazala da sednemo na krevet, pa je približila svoju stolicu bliže nama. Dok sam ih slušao kako pričaju, posmatrao sam Tamaru. Odmah sam znao zašto je došla. Ana je pozvala da me vidi, da me proveri i oceni kakav sam. Očigledno joj je ispričala o meni, pa je htela da vidi šta njena najbolja prijateljica misli kakav sam tip.

I Tamara je lepo izgledala. Bila je dobra riba. Nosila je uske pocepane farmerke, idealne za njeno dobro dupe, i neku crnu majcu sa nalepnicom. Imala je dugu ravnu crnu kosu i puno nakita na sebi. Bez ikakve sumnje, prijalo bi mi da se tucam sa njom. Pogotovo u tom trenutku kad sam već bio napaljen i pred svršavanjem. Onda se Ana setila. Pogledala je Tamaru širom otvorenih očiju.

"E, moraš da probaš nešto!"

Brzo je ustala i otišla do stola. Vratila se sa čašom svog soka. Pružila ga je Tamari.

"Moraš da probaš ovaj sok. Ovakav nikad nisi pila"

Nisam mogao da verujem. Tamara je prinela sok, moj sok, svojim lepim usnama. Bilo je uzbudljivo gledati to. Otpila je malo, a onda je zastala kao da zamišljeno ispituje ukus. Nakon toga je otpila još jedan gutljaj, i još jedan, malo veći. Klimala je glavom svo vreme dok je vraćala čašu.

"Fenomenalno. Stvarno mi se sviđa. Baš dobar ukus. Nekako čudan, ali odličan"

"Baš je dobar", Ana je uzela čašu nazad i otpila malo.

Tamara je oblizivala usne.

"A od čega je? I jel ima još toga?"

”Ne znam ni jedan odgovor”, Ana se nasmejala a onda okrenula ka vratima - ”Mama!”

Milena je otvorila vrata i Ana je odmah pitala.

”Jel imamo mi još ovog soka?”

”Imamo”

”Ajd molim te napravi jedan i za Tamaru. I ona je oduševljena”

Milena me je pogledala. Video sam kako joj je jedva primetan osmeh prošao licem.

”Važi, evo napraviću odmah”

”A hoće li biti i za mene još?”

”Biće, ne brini”

Milena je izašla iz sobe. Tamara je pogledala Anu.

”Nisi je pitala od čega je sok. Baš me zanima”

”Zaboravila sam. Sad ću je pitati”

Čim je Milena ušla u sobu, Ana je pitala.

”Mama, od čega je sok? Tamaru zanima, možda bi i ona mogla da ga napravi”

Milena se počešala po glavi. Pogledala me, razmišljajući kako da odgovori.

”Pa možda bi i mogla da ga napravi... Samo... To je naš porodični recept”, okrenula se ka Tamari, ”Nisam još ni Ani rekla šta ide u njega, još uvek je tajna”

Tamara je klimnula glavom nekoliko puta.

”Ahaaaa... Kapiram. Nema veze. To je kao ono kad Italijani prave picu, pa imaju tajni sastojak za sos”

Milena se nasmejala.

”E da, baš tako”

”A jel to znači”, Tamara je otpila malo soka, ”Da će Ana jednog dana da nasledi recept?”

Milena me je zbunjeno na kratko pogledala. Ni ja nisam bio siguran da li je klinka zajebava ili ne.

”Naravno da hoće. Porodični recepti se i prenose tako, s kolena na koleno. Mislim da će Ana uskoro saznati tajni sastojak, pa će sama moći da ga pravi”

Tamara se nasmejala, lupila se dlanom po butini.

”E, super, onda ću i ja dolaziti ovde svaki dan na sok”

”Samo izvoli”

Milena je izašla, i Tamara je otpila gutljaj soka. Onda se okrenula ka meni i ispružila ruku sa čašom.

”Hoćeš malo?”

”Ne hvala, ne volim sokove baš”

”Ovo nije sok, ovo je nektar. Znaš kako je dobar. Moraš da probaš”

Nisam bio siguran da li me je zezala.

”Uzmi malo. Fenomenalan je”

Odmahnuo sam rukom i ustao. Pogledao sam Anu.

”Ok, idem ja. Drugarica ti je došla, a i vreme za čas je ionako prošlo”

Kad sam došao do vrata, čuo sam Tamarin glas iza sebe.

”Ana, idem samo da operem ruke, sad ću ja”

Stigla me je u hodniku. Uhvatila me je za ruku i okrenula. Onda me je prislonila uza zid, približila mi se i šapnula na uvo.

”Znam od čega je onaj sok”

”Molim?”

”Znam koji je tajni sastojak”

”Okeeej... To je dobro? Mislim, moći ćeš i sama da ga praviš”

”Ne moraš da se praviš blesav. Znam da je ono tvoja sperma. Znam taj muški ukus. A Milena nema tipa odavno. Da ga ima, ja bih znala za to. Znači, može da bude jedino tvoja”

”Nisam probao sok. A i ne znam koji je ukus sperme. Ko zna, možda si i u pravu”

”Jedino što ne znam...”, Tamara se pribijala još više uz mene, ”... je kako si uspeo da Mileni poturiš to kao tajni sastojak. Zar nije bila sumnjičava? I zar ne misliš da je to malo previše nastrano, da mojoj nevinoj drugarici daješ da pije tvoju spermu?”

”Šta hoćeš ti?”

”Ti želiš da moja drugarica ne sazna šta voli da pije. A ja želim... ja želim da me tucaš”

”Malopre si me upoznala. Kako da to odjednom tako puno želiš?”

”Već sam ti rekla da te znam od ranije. Znam te od kako sam bila klinka. I oduvek sam te želela. Znam da se ložiš na Anu, ali ako želiš da imaš nju, moraš prvo da tucaš mene”

U tom trenutku sam ukapirao. Ovo je bila jedna od onih klinačkih igrica, testova koje najbolje drugarice zadaju. Ako pristanem da je tucam, Tamara će odustati, i ispričati Ani da sam hteo da je jebem. Tamara jeste izgledala odlično, i njeno telo je bilo vrelo dok se pripijala uz moj napaljeni kurac, ali nisam smeo da rizikujem da izgubim Anu.

”Ne znam o čemu pričaš, stvarno. Ne znam ništa o tom soku. Ali verujem ti da je dobar, i čudan. Ko zna šta je u njemu”

Sklonio sam joj ruke i otišao ka dnevnoj sobi. Čuo sam je kako je ponovo ušla u Aninu sobu. Čim sam otvorio vrata, Milena je ustala i krenula ka meni. Bila je u trenerci, već se bila presvukla, i mogao sam da pretpostavim šta je radila. Hteo sam da joj ispričam šta se upravo desilo, ali ona je imala drugu nameru. Prišla mi je i poljubila me, a njen dlan je odmah pronašao moj kurac. Uhvatio sam je za dupe dok smo se ljubili. Već sam bio zaboravio koliko sam bio napaljen.

Milena se odmaknula, pogledala me je grickajući usnu dok mi je dlanom prelazila preko kurca. Uhvatila me je za ruku i povela napolje, ka svojoj sobi. Dok smo prolazili pored Anine sobe, osluškivao sam šta devojke rade. Onda sam prošaptao Mileni.

”Čekaj, ne možemo sad, šta ako neka od njih dođe, ako nas vide?”

”Ana neće izlaziti, a Tamara možda ode samo do kuhinje ili u wc, a to je na drugoj strani kuće”

Čim smo ušli u njenu sobu, povela me je do svog kreveta i sela na njega. Dok mi je otkopčavala šlic, pogledala je na gore.

”Osim toga, hoću da me jebeš u mom krevetu”

Zastenjao sam kad je izvadila kurac i uzela ga u ruku. Prijalo mi je kad se konačno raširio u svoj svojoj dužini.

”Ohhhh... i ja odavno hoću to”

Uhvatio sam je za glavu dok mi je pušila kurac. Držao sam je za kratku kosu, a onda sam shvatio da ne želim da odugovlačim. Povukao sam joj glavu unazad i ona me je pogledala. Jedan pogled na mene bio joj je dovoljan da zna koliko želim da je jebem. Čim je ustala nestrpljivo sam svukao trenerku sa nje, a onda je gurnuo na krevet. Pala je i podigla noge na gore. Nasmejala se.

”Izgleda da sam ti baš nedostajala”

Brzo je skinula trenerku sa svojih članaka. Spustio sam farmerke i popeo se na krevet. Raširila je noge ispred mene. Nije nosila gaćice, a njena pička je bila vlažna. Bio sam u pravu - ponovo je bila drkala u drugoj sobi dok sam ja bio sa Anom. Dok sam se spremao da ga nabijem u nju, setio sam se Tamare i njenog dupeta. Koliko god da sam želeo Milenu, znao sam da ću razmišljati i o Tamari dok je budem jebao. Zbog toga sam uhvatio Milenu za kukove, okrenuo ih i povukao ka sebi. Spremno se naguzila ispred mog kurca.

Uhvatio sam je obema rukama za dupe i približio joj se. Pustio sam da kurac sam nađe put u nju. Glavić joj je pomilovao tople usmine, a onda se provukao između njih. Nabio sam ga odmah što sam jače mogao. Milena je zabila glavu u posteljinu i tiho zastenjala. Provukla je ruku ispod stomaka i trljala klitoris. Njeno tiho dahtanje me je još više uzbudilo. Oduvek sam maštao da je guzim na njenom krevetu. Puno puta sam sedeo kući i drkao maštajući baš o tome.

Onda sam se setio Tamare. Gledao sam Milenino dupe i zamišljao kako držim Tamarina bedra u dlanovima, dok se snažno nabijam u njenu usku pičkicu. Gnječio sam Milenino dupe i sve brže se nabijao u nju. Zamišljao sam kako kurcem kažnjavam Tamaru što me je ucenjivala, slušao je kako glasno jauče i viče da nije znala da mi je kurac tako veliki kad ga je tražila. Glasno sam stenjao i napaljeno se nabijao duboko u Milenu.

Onda sam otvorio oči, i video nju. Tamara je stajala na vratima i zbunjeno nas posmatrala. Očigledno je tek bila ušla. Verovatno je čula nešto, pa je bila radoznala. Izgledala je pomalo uplašena, pomalo iznenađena, ali pre svega, napaljena. Širom otvorenih očiju posmatrala je kako žustro guzim mamu njene drugarice. Siguran sam da ranije nikad nije videla ništa slično.

Samo na trenutak sam usporio. Nisam znao kako će da reaguje. Kad sam primetio kako je izgledala sve uzbuđenija dok nas je gledala, nastavio da istom brzinom guzim Milenu. Gledao sam njeno lice i mislio kako njen predlog možda i nije bila neka klinačka provera. Možda je stvarno htela da se tuca sa mnom.

Počeo sam da Milenu guzim malo žustrije. Želeo sam da Tamari pokažem šta je zapravo htela, da bi znala šta da očekuje. I proceni da li to uopšte može da primi.

Oporavila se od iznenađenja, naslonila se na dovratak dok nas je gledala. Jedna ruka joj se spustila između nogu, lagano je milovala pičku preko farmerki. Drugom rukom je gnječila svoju sisu. I dalje nas je netremice posmatrala. Grizla je usnu trudeći se da ostane tiha.

Uhvatio sam Milenu za potiljak i gurnuo je još dole ka krevetu. Nisam želeo da slučajno podigne glavu i vidi Tamaru. Odmeravao sam Tamarino mlado napaljeno telo. Pitao sam se da li se ona nekad tucala. Lagano je drhtala gledajući kako se jebemo. Snažno sam sve brže bedrima lupao o Milenino dupe dok sam napaljeno zurio u Tamaru, a onda sam ga brzo izvadio iz nje. Drkao sam ga iznad njenih leđa. Namerno sam pustio da prvi mlaz preleti preko sobe, ka Tamari. Jedna kapljica je stigla do njenih cipela. Ostatak sam izlio na Milenino dupe.

Ona je i dalje ćutke drkala ispod mene, sa glavom naslonjenom na jastuk. Brzo sam prešao do nje i stavio kurac ispred njenih usana. Podigla je glavu ka njemu.

”Nismo ništa ostavili za Anin sok”, rekla je pre nego što ga je uzela u usta.

Okrenuo sam glavu ka Tamari. Shvatio sam da nema smisla da više krijem.

”Napravićemo još soka sutra”

Milena je dahtala sve brže sa mojim kurcem u ustima. Progovorila je ne vadeći ga iz sebe.

”Jel si video da se i Tamari svideo tvoj sok?”

Dahtala je sve brže, a onda je počela da svršava. Telo joj se treslo dok je Tamara zapanjeno posmatrala.

”Ta mala je tako jebozovna”, govorila je dok je svršavala, ”Da imam kurac, ja bih je jebala”

Okrenuo sam se ka Tamari. Gledala nas je zbunjeno, malo je pocrvenela, a onda je brzo odjurila niz hodnik. Tiho sam se nasmejao. Sad je klinka barem znala šta može da očekuje ako bude nastavila sa ucenama.

Kad sam sutradan ulazio u Aninu sobu, bio sam svestan da smo prešli najvažniji deo. Osetila je koliko je želim, a ja sam bio siguran da i ona mene želi. Čim me je uvela u sobu, uhvatio sam je za ruku i okrenuo ka sebi. Obuhvatio sam je oko struka i poljubio. Uzvratila je kratki poljubac, a onda je blago pocrvenela. I dalje je stajala pored mene, kao da je čekala da vidi šta ću da uradim. Spustio sam ruku do njenog dupeta i privukao je bliže. Drugom rukom sam joj uzeo dlan i postavio ga između svojih nogu. Zadrhtala je kad je osetila tvrd kurac pod prstima. Prelazio sam njenim dlanom po čitavoj dužini kurca.

”Jel si ga videla nekad?”

Glava joj je bila spuštena, posmatrala je svoju ruku koja miluje tvrdu izbočinu u mojim farmerkama. Odmahnula je.

Jednom rukom sam otkopčao šlic i ponovo joj uzeo dlan. Stavio sam joj ruku u gaće. Oboje smo uzdrhtali kad mi je dodirnula kurac. Oprezno ga je obuhvatila prstima i zastenjala. Duboko sam disao dok je prelazila prstima preko njega.

”Sviđa ti se? I meni se sviđa. Baš mi se sviđa”

Poljubio sam je i uživao u njenim toplim drhtavim prstima. Pustio sam i nju da ga po prvi put dobro oseti. Obuhvatio sam je oko struka i stavio oba dlana na njenu guzu. Milovao sam je i osećao kako se njeno telo smiruje u mom zagrljaju.

Povukao sam bokserice dole i pustio ga da izađe. Raširila je prste i zastala, sa kurcem koji je stajao nepomično ispružen na njenom dlanu. Nekoliko sekundi ga je ćutke posmatrala a onda je prošaptala, kao za sebe.

”Kako je veliki...”

Podigla je pogled ka meni.

”Kako je veliki, nisam imala pojma. Kako uopšte može da uđe?”

”Hoćeš da probamo?”

Ponovo ga pogledala a onda je odmahnula glavom. Skupio sam joj prste oko kurca i pokazao joj kako da ga drka. Dok je polako prelazila dlanom preko njega, uhvatio sam je za sisu. I dalje sam joj milovao dupe. Stegnuo sam ga malo jače, privukao je sebi i poljubio. Ovaj put sam pustio da mi jezik susretne njen. Iako je imala osamnaest, nije delovala naročito vešta u tome. Pitao sam se da li se uopšte ikad ljubila. Ali prijalo mi je da je podučavam.

Spustio sam ruke ka ivici njenih pantalona. Osetio sam kako se trgnula.

”Nemoj, neću”

”Ne brini se. Naravno da nećemo”

Spustio sam joj pantalone do članaka. Imala je bele pamučne gaćice, sa nekim roze cvetićima razasutim po njima. Poveo sam je do stola i seo na njenu stolicu.

”Hoćeš da igraš igricu?”

Sela mi je u krilo. Želela je da ponovo spusti dupe u moje krilo, ali ovaj put sam je povukao više ka sebi, i stavio joj svoj dignuti kurac između nogu. Obuhvatila ga je butinama i odmah zatim uzdrhtala kad ga je osetila tako blizu pičke. Startovala je igricu, a onda je odustala od igranja. Znala je šta treba da radi, nije bila tolika klinka. Počela je polako da se podiže i spušta na meni, trljajući butinama kurac.

Uhvatio sam je za sise dok sam je slušao kako ubrzano diše. Nije nosila brushalter. Zadrhtao sam kad sam osetio njene male ukrućene bradavice. Zavukao sam joj obe ruke ispod majce. Uzbuđenim prstima sam prelazio preko njenih bradavica dok sam joj i dalje stezao sise.

Skakutala je sve brže na meni, zadihala se dok je to radila. Jednom rukom je gurnula kurac ka svojim gaćicama i pritisla ga na svoje usmine. Drkala ga je dlanom dok je pomerala bedra, trljajući pičku o njega. Znao sam da ću ubrzo svršiti. Uhvatio sam je za bokove i podigao. Brzo sam je spuštao i dizao, drkajući kurac njenim butinama. Sklonila je ruku i mirno i ćutke sedela dok sam je pomerao na sebi.

Svršio sam između njenih nogu. Tiho, da Milena ne bi čula. Mirno je gledala kako se kurac promalja između njenih butina, i kako prska spermom po stomaku, sve do njenih sisa. Podizao sam je brzo dok sam svršavao, a onda sam je ponovo spustio u krilo. Naslonio sam glavu na njena leđa i još malo joj nežno milovao sise. Moj kurac je opušteno ležao između njenih mokrih butina.

Ana je sedela nepomično, čekajući da joj kažem šta da radi. Potapšao sam je po dupetu i ona je ustala. Gledala je u mene širom raširenih očiju. Delovala je malo postiđeno, ali ipak je bila nasmejana. Na njenim sisama bila je velika kapljica sperme koja se slivala niz njih. Sperma je bila i na pamučnim gaćicama, među šarenim cvetićima. Moja bela tečnost joj je curila i niz mokre butine ka kolenima.

”Baš je lepo”, rekao sam, ”Jel mogu da slikam to?”

”Hoćeš da me slikaš?”

”Samo taj deo”

”Što?”

”Za uspomenu”

Slegnula je ramenima. Uzeo sam mobilni sa stola, kleknuo ispred njenih nogu i napravio jednu fotografiju njenih poprskanih gaćica i vlažnih butina. Kad sam ustao, uzela je maramice i počela da briše spermu sa sebe. Tek tad sam postao svestan da se nisam obukao. Kurac mi je još uvek bio dignut, i vlažan od sperme. Video sam kako gleda u njega.

”Hoćeš da ga probaš?”

Neodlučno ga je gledala. Shvatio sam da bi to bilo prerano za nju. Prišao sam joj i poljubio je. Naslonio sam kurac o njene butine a onda joj raširio noge i nastavio da se trljam o njene gaćice vlažne od sperme. Mislio sam da će je to uzbuditi, ali ona je samo stajala i mirno se ljubila sa mnom dok joj je kurac prelazio preko pičke. I dalje je bila previše napeta.

Okrenuo sam je i naslonio kurac na njeno dupe. Savila se napred i naslonila na sto. Glavić se trljao o njene pamučne gaćice dok je ona mirno posmatrala monitor ispred sebe. Izgledala je kao da se ništa ne dešava. Bila je tako mirna da sam mislio da će da počne da piše zadatke za školu. Uhvatio sam je za sise i baš kad sam planirao da joj skinem gaćice, čuli smo kucanje na vratima.

Trgnula se uplašeno a onda se pridigla i brzo navukla pantalone. Otvorila je vrata kad je videla da sam obukao farmerke. U sobu je ušla Tamara. Nasmejala se kad nas je videla. Znao sam da nas je provalila. Ja sam još uvek bio uzbuđen, napaljen i sa dignutim kurcem, a Ana je delovala uzbuđeno i zbunjeno jer se osećala kao uhvaćena u nečem lošem. Nije joj bilo teško da shvati šta smo radili.

”Ćao”, Ana je poljubila Tamaru, ”Otkud ti? Zar nije trebalo posle časa?”

”Da, ali mrzelo me je da čekam. Mislila sam da vam malo pravim društvo. Šta radite?”

Počešao sam se po glavi. Šta reći?

”Evo ništa, baš završavamo. U stvari, već smo završili, tako da... Idem ja. Vidimo se sutra”

”Ne morate zbog mene da prekidate”

”Nema veze, nastavićemo sutra”

Čim sam izašao iz sobe, potražio sam Milenu. Trebalo mi je jebanje. Sedela je u sobi. Ovaj put sam ja njoj prišao, uhvatio sam je za ruku i povukao. Smejuljila se tiho dok sam je vodio ka njenoj sobi. Znala je šta je čeka. Čim smo ušli, naslonio sam je na zatvorena vrata i zadigao joj suknju. Nije nosila gaćice, očekivala je da dođem posle časa i dam joj dnevno sledovanje. Raširila je noge i poljubila me. Uzela je kurac u ruku, protrljala glavićem usmine i stavila ga između njih. Gurnuo sam ga u nju i odmah počeo da je jebem brzo.

Raskopčao sam joj košulju i zgrabio joj crni brushalter. Uhvatila me je za dupe i stegnula ga dok sam je jebao. Gledali smo se u oči dok sam sve snažnije ulazio u nju. Oboje smo postali svesni da vrata brzo lupaju svaki put kad je nabijem na njih.

”Čuće nas devojke”, prošaptala je.

Uzeo sam je u ruke i preneo na krevet. Odmah sam nastavio da je jebem. Oslanjao sam se jednom rukom, a drugom sam joj uhvatio brus. Želeo sam da joj izvadim sisu napolje. Onda sam video da su vrata otvorena. Tamara je stajala tamo, gledala nas je i smeškala se. Tada je delovala mnogo opuštenije. Već nas je videla kako se jebemo. Milena je osetila da mi je ruka zastala i da gledam u nešto, pa je i ona okrenula glavu ka vratima.

Čim je videla da je i Milena primetila da je tu, Tamara je odglumila iznenađenost. Stavila je dlan preko široko otvorenih usta, a onda otrčala negde.

Milena me je gurnula i viknula za njom.

"Čekaj!"

Kad je videla da se ne vraća, lupila me je po butini. Uplašila se da ne ispriča Ani šta je videla.

"Stigni je bre! Požuri"

"Evo, evo"

Ustao sam i krenuo ka vratima. Znao sam da mala glumata, i da nema potrebe da jurim za njom. Sačekala me je u trpezariji, na pola puta do Anine sobe. Bila je naslonjena na zid. Nasmejana, kao da je upravo pobedila u nečemu. Gledali smo se nekoliko trenutaka u tišini, a onda sam joj glavom pokazao da pođe za mnom.

Milena se već bila zakopčala kad smo ušli u sobu, i njena suknja je ponovo bila spuštena preko kolena. Odmah je prišla Tamari. Zagrlila je i povela da sedne. Nekoliko puta je pomilovala po glavi, a onda je progovorila.

"Žao mi je što si ovo morala da vidiš. Nismo radili ništa loše, ali mi je žao što si nas videla"

"Ne brinite, ako mislite na neke traume ili tako nešto, ništa ne brinite za to"

"Dobro je, drago mi je da to čujem. Nego, još nešto važno... Ana ne sme da sazna za to. Jel to u redu?"

Tamara je ćutala. Milena se zabrinuto okrenula ka meni, tražeći podršku. Nije mi padalo na pamet da se mešam. Sve više sam želeo da tucam tu malu, i pitao sam se kako će da izvede da do toga dođe. Spustila je glavu.

"Ne znam teta Milena. Ana je ipak moja najbolja drugarica..."

”Baš zato. Treba da misliš na nju. Možda bi za nju bilo traumatično da čuje tako nešto”

Tamara je i dalje odmahivala glavom.

”Ali mi smo najbolje prijateljice. Jedna drugoj sve kažemo”

Milena je malo odmaknula glavu i bolje je pogledala. Uozbiljila se, i činilo se kao da je tek tad shvatila. Ustala je.

”Ok, dobro. Koliko tražiš?”

I Tamara je ustala za njom.

”Šta?”

”Koliko novca? Očigledno ti je potreban novac. To nije problem, platiću koliko tražiš, to mi je važno”

Tamara se nasmejala, odmahujući glavom.

”A, ne, ne... Ne treba mi novac”

”Kako onda da platim tvoje ćutanje? Očigledno je da nešto želiš”

Tamara je podigla pogled. Prestala je da glumi i po prvi put je odlučno pogledala u oči.

”Želim dve stvari. Prvo, želim da vas gledam dok se... Dok radite to što ste radili pre nego što sam vas prekinula”

Milena je zabezeknuto pogledala.

”Šta?”

Tamara je slegnula ramenima. Milena je pogledala ka meni i kad je videla da i ja mirno sležem ramenima, ponovo se okrenula ka njoj.

”Ali... Ali ja sam starija od tebe... puno godina. Mogla bih da ti budem majka”

Tamara je ponovo slegnula ramenima.

”Ali lepo izgledate. I lepo izgledate dok se tucate. A i niste mi rod”

Milena se trgnula od njenih reči. Bila je iznenađena time što je čula, ali sam znao da je to i uzbudilo. Već je rekla šta misli o Tamari. Pogledala je ka meni i kad je videla da se ne bunim, odmahnula je rukom.

”Pa dobro onda. Ionako si nas već videla. Koja je druga stvar koju želiš?”

Tamara se okrenula ka meni i pogledala me u oči.

”Želim da me on tuca”

Milena je ponovo delovala iznenađeno, ali manje nego ranije. Predlog joj i nije delovao tako čudno. Očigledno joj to nije bio problematičan zahtev. Pogledala me je.

”Šta ti kažeš?”

”Pa”, uzdahnuo sam, ”Ne poznajem devojku, ali, ako je to jedini način da ne ispriča...”

Kad se mora, nije teško.

Tamara se ugrizla za usnu. Bila je nasmejana i delovala je uzbuđeno.

”Odlično, onda smo dogovorili”

Uzela je stoličicu koja je stajala pored ogledala ispred koga se Milena šminkala, i sela na nju. Milena je začuđeno posmatrala.

”Šta? Misliš sad da gledaš?”

”Zašto da ne? Sad bi bilo odlično”, mirno je uzvratila.

Milena je začuđeno gledala nekoliko trenutaka, a onda je odgovorila.

”Ok, znaš šta Tamara? Možeš da nas gledaš sad ako hoćeš. Ali da znaš, imam i ja jedan uslov. Hoću da gledam kako se vas dvoje tucate. On ti je bliži po godinama, i normalno je da želiš da ga imaš, ali i ja hoću da vidim tebe”

”Može”

Iako je odgovorila odmah, Tamara je malo pocrvenela, i na trenutak je njeno samopouzdanje nestalo. Ali nas je i dalje posmatrala, očekujući da počne predstava samo za nju.

Prišao sam Mileni i okrenuo je ka sebi. Poljubio sam je. Osećao sam kako mi se polako prepušta. Povukao sam šlic na njenoj suknji, i pustio je da sklizne niz njene noge. Otvorio sam oči dok sam je ljubio i pogledao Tamaru. Raširenih nogu je zurila u nas. Zgrabio sam Milenino dupe i protresao ga nekoliko puta. Želeo sam da Tamara vidi dobru predstavu.

Stavio sam ruku na Milenino rame i blago je gurnuo na dole. Znala je šta hoću, ali me je pogledala pre nego što je kleknula, kao da je oklevala. Uzeo sam kurac u dlan i zamahnuo njime u vazduhu. Pogledao sam Tamaru i nekoliko puta udario glavićem Milenin obraz. Onda sam pomilovao njene zatvorene usne. Milena je okrenula glavu ka Tamari, a onda ga je uzela u usta.

Gledao sam je u ogledalu ispred kog se šminka. Pušila ga je oprezno i polako, ne skidajući pogled sa Tamare. A onda je skrenula pogled i opustila se. Tamara je otkopčala šlic na svojim farmerkama dok je zurila u Milenu, i povukla ih je do kolena. Podigao sam Milenu. Trebalo je da prikažemo novu pozu.

Okrenuo sam je leđima sebi i gurnuo je na dole. Spustila se na kolena. Prišao sam joj od pozadi i ušao u nju. Guzio sam je na podu, okrenutu ka Tamari. Klinka je već stavila ruku u svoje crne gaćice, i brzo je pomerala ispod njih dok nas je gledala. Milena je spustila glavu i tiho stenjala. Uhvatio sam je za kosu i povukao na gore. Njena glava je bila na metar od Tamarine pičke. Gledao sam u ogledalu kako se jebemo, i Tamaru koja je sve brže drkala ispred nas.

Mogao sam da svršim odmah, a mogao sam i da čekam i Tamari pokažem jebanje u još poza. Ali setio sam se Ane, koja je čekala u svojoj sobi. Ustao sam i seo na krevet. Uzeo sam kurac u ruku. Milena je ustala za mnom. Nije više gledala Tamaru i nije više izgledala kao da se snebiva. Bila je uzbuđena i znao sam da će ubrzo svršiti. Gledala je u moj uspravljeni kurac dok je prelazila vlažnim prstima preko pičke.

Okrenula mi je leđa i sela na kurac. Tad sam shvatio da se opustila ne zato što je napaljena, nego je napalilo to što nas Tamara gleda dok se tucamo. Okrenula se ka njoj dok je skakutala po meni, želela je da se bolje vide. Otkopčao sam joj brushalter i bacio ga u stranu. Njene male sise su počele da skakuću sa njom. Uzela ih je u dlan i stegnula. Pogledala je Tamaru, a onda počela da svršava.

Posmatrao sam ih kako se gledaju u oči i uživaju, a onda sam osetio kako počinjem da svršavam. Podigao sam Milenu i ustao. Kleknula je ispred mene, trljala je pičku brzo dok joj se telo i dalje treslo u orgazmu. Uhvatio sam je za glavu i podigao lice ka sebi. Približio sam joj kurac dok sam drkao pored njenih usana.

Kad je prvi mlaz prelio Milenino lice, pogledao sam Tamaru. Otvorenih usta zurila je u nas, zapanjeno gledala kako sperma zaliva lice mame njene drugarice. Kad sam završio, Milena je uzela kurac u usta i pogledala ka maloj. Sve brže je dahtala dok nas je gledala. Znale smo da je i ona blizu orgazma.

Ali nije želela da je vidimo kako svršava. Kao da je tek postala svesna da smo završili, i da netremice gledamo u nju, brzo je ustala. Sa jednom rukom u gaćicama, malo je povukla pantalone na gore, a onda je istrčala iz sobe. Ubrzo se čuo zvuk otvaranja vrata od kupatila. Pogledao sam Milenu i nasmejali smo se.

”Jedva čekam da vidim kako je tucaš”, rekla je.

Pogledao sam njeno lice obliveno spermom. Sedela je na podu i nije ni pokušavala da je obriše. Do pre nekoliko dana, nisam ni mogao da sanjam da ću je ovako gledati, zalivenu mojim semenom.

”Jel mogu da te slikam?”

”Zašto?”

Slegnuo sam ramenima.

”Moja sperma ti predivno stoji”

Nasmejali smo se, i ona je nehajno slegnula ramenima.

Uzeo sam mobilni i napravio nekoliko snimaka. Izdržala je svo slikanje, čak je uzela i kurac u usta i napravila selfi sa njim. Kad mi je vratila telefon, potražio sam sliku koju sam napravio ranije.

”Morate nešto da vidite”

Pokazao sam joj sliku Aninih isprskanih bedara i butina. Širom je raširila oči i uzela telefon u ruke.

”Nemoj da me zezaš!”

Gledala je sliku neko vreme bez reči.

”Kad si ovo uradio? Vas dvoje ste baš napredovali”

”Eto, trudimo se”

Milena je i dalje oduševljeno gledala sliku.

"Ovo me je baš obradovalo. To je ono što smo želeli"

Svidelo mi se kako je reagovala. Namerno sam joj pokazao sliku, mada sam brinuo zbog reakcije. Jedno je kad priča o tome, a drugo je kad se nešto stvarno desi. Morao sam da budem siguran da joj ne smeta to gde smo krenuli sa Anom. Izgledala je kao da joj iskreno ne smeta.

"Znači, dopala vam se slika? Ne smeta vam?"

"Rekla sam ti zašto hoću ovo. Bolje ti nego neko drugi. A i ne samo što mi nije ćerka, nego sam je upoznala tek sa njenih jedanaest ili dvanaest godina"

"Pa to je onda kad ste se doselili?"

"Da, baš tad, malo pre toga sam se udala"

"Pa to znači... znači da teoretski možete i da se naložite na nju?"

Zagonetno se nasmejala na to.

"Pa..."

Neko vreme smo ćutali, a onda je ona progovorila.

"I, kad očekuješ da će se ono konačno desiti?"

"Nemam pojma, nadam se uskoro. Sutra ponovo imamo čas, videćemo"

Milena mi je sutradan otvorila vrata. Imala je helanke, i tanku providnu košulju, kroz koju se lepo video njen beli brushalter. Znala je da će mi se to svideti. Dok sam ćutke stajao na vratima, smeškala se i polako otkopčavala košulju. Raširila je potpuno i isprsila grudi. Onda me je uhvatila za ivicu pantalona i uvukla unutra. Prvo sam je zgrabio za sise. Gnječio sam ih u brushalteru nekoliko trenutaka, i tek onda je poljubio. Uhvatila me je za kurac, i nepomično držala ruku dok se dizao u njenom dlanu. Onda se odmaknula od mene.

”Ok, spreman si za moju ćerku”

Okrenula se i povela me ka Aninoj sobi. Zakopčala je košulju i zastala na Aninim vratima. Sklonio sam joj ruku sa brave i okrenuo ka sebi. Ponovo sam je poljubio i uhvatio za sise. Prislonio sam je na Anina vrata dok smo se vatali. Oboje smo znali da je ona sa druge strane, i da svakog trenutka može da otvori vrata i vidi nas. Ali mislim da nas je baš to oboje još više napaljivalo. Milena mi je trljala kurac kroz pantalone i duboko disala dok smo se ljubili.

Onda je odmaknula glavu i pogledala me u oči. Njena ruka je i dalje polako milovala moj kurac.

”Nemoj da potrošiš sve na Anu. Čekaću te kad završiš čas”

Otvorila je vrata, gurnula me unutra i zatvorila ih za mnom. Ana je sedela ispred kompjutera i zurila u monitor. Nehajno mi se javila a onda se ponovo okrenula ka stolu. Izgledala je kao da je zaboravila da je juče moj kurac bio između njenih butina. Ili nije želela da pokaže da se sećala. Uzeo sam stolicu i stavio je sa njene leve strane.

”Šta radiš?”, pitao sam dok sam sedao.

”Evo ništa”, nasmejala se i pogledala me, ”Gledam šta ima novo na Fejsbuku”

”Ah, Fejsbuk... Večiti izvor novosti”

Ponovo sam joj stavio ruku na butinu. Nastavila je da mirno gleda u ekran. Video sam da ima puno lepih prijateljica. Na fejsu je bilo i nekoliko Tamarinih objava. Još više mi se jebalo kad sam se setio nje. Dodirnuo sam Anin dlan kojeg je oslonila na sto, i poveo ga do mog kurca. Pretvarala se da se ništa ne dešava, da i dalje gleda Fejsbuk, ali joj je disanje postalo ubrzano. Sklonio sam ruku sa njene. Nije pomicala dlan sa kurca. Polako sam otkopčao šlic i izvadio ga.

Sama ga je uzela u dlan. Nije se okretala ka meni. Spustila je dlan do korena a onda ga je sporim pokretom odmerila sve do vrha. Počela je polako da mi drka. Uzdahnuo sam od olakšanja. Pogledao sam je. Imala je svetloplavu majcu na bretele i bele helanke, iste one u kojima sam prvi put video njenu nabreklu pičkicu. Spustio sam ruku na njena leđa, pomilovao ih a onda provukao ruku ispod miške i uhvatio je za sisu. Lagano sam je gnječio dok mi je ćutke drkala.

"Pokaži mi svoje slike"

Kad je već blejala u Fejsbuk, zanimalo me je da vidim kakve slike ima. Bez oklevanja je pronašla svoje slike. Pokazivala ih je jednu po jednu dok mi je drugom rukom drkala. Bilo je slika sa Milenom, a i slika sa drugaricama, sa letovanja, ekskurzija, iz grada...

"Jel se jebu ove tvoje drugarice?"

"Što pitaš? Jel bi jebao neku od njih?"

Jebao bih ih sve, kad bi samo znala.

"Ma ne, pitam onako. Mogla bi i ti..."

I dalje je ćutke vrtela slike. A onda se na ekranu pojavila njena slika sa Tamarom. Snimila je selfi, samo su njihova ozbiljna lica bila u kadru.

"Čekaj. Jel ovo ona tvoja prijateljica što je bila ovde?"

"Jeste"

"Kako se zove beše?"

"Tamara"

"Ah da, Tamara"

Nastavila je da ćutke drka još neko vreme, dok smo oboje gledali u sliku. A onda se okrenula ka meni, po prvi put od kako sam seo pored nje. Pogledala me je u oči.

"Što pitaš? Jel bi nju tucao?"

Skrenuo sam pogled sa ekrana na nju. Ruka mi je i dalje milovala njenu sisu. Razmislio sam šta da kažem, a onda odgovorio.

”Bih”

Posmatrala me je ispitivački dok je grickala usnu. A onda je naglo okrenula glavu ka ekranu.

”Ma ne bi ti ona dala”

Kliknula je na sledeću sliku, i pojavila se neka zajednička, sa letovanja.

”Vrati na onu prethodnu”

Razmišljala je za trenutak, a onda se vratila na zajedničku sliku sa Tamarom. Osetio sam kako je počela da mi drka brže dok smo gledali sliku. I osetio sam da mi to prija, jer sam se napalio od zamišljanja kako ih obe jebem.

Iznenađeno se malo trgnula kad sam ustao. Pogledala me i ustala za mnom. Uhvatio sam je za bokove i okrenuo ka kompjuteru. Obuhvatio sam je rukama od nazad, i prislonio kurac na njeno dupe. Već je bio vlažan od moje predsemene tečnosti. Razmazivao sam je po njenim belim helankama dok sam se trljao. Pitao sam se da li će Milena to da primeti kad ih bude prala.

Ana je ćutke stajala, sa rukama spuštenim na naslon stolice. Jednom rukom sam joj i dalje gnječio sisu, a drugom sam joj milovao pičku. Nije bila vlažna. Nisam osetio ni trunku uzbuđenja u njoj, osim što je dublje disala. Probao sam da joj zavučem ruku u helanke, ali mi nije dozvolila.

Sklonio sam stolicu ispred nje i blago je gurnuo ka stolu. Nagnula se napred i laktovima oslonila na sto. Helanke na njenom dupetu bile su već sasvim vlažne i lepljive. Trljao sam se još malo o njih, pa sam zavukao kurac ispod njene guze. Skupio sam joj noge i ponovo bio između njenih butina. Uhvatio sam je rukama za struk, i snažno se nabijao između nje. Posmatrao sam njena leđa i sliku na monitoru iza nje. Ozbiljna seksi lica Ane i Tamare gledale su nas sa ekrana. Znao sam da ću brzo svršiti.

Povukao sam je ka sebi. Leđima se naslonila na moje grudi dok sam se i dalje trljao između butina. Osetio sam kako mi glavić malo izlazi ispod njene pičke i želeo sam da i ona to oseti. Uzeo sam joj dlan i doveo ga između njenih nogu. Obuhvatila je glavić prstima, ali je odmah prošaptala.

"Samo nemoj po ekranu, molim te. I tastaturi"

Gde onda? Ćutke sam se nabijao sve brže. Gurao sam ga kroz njene butine, ka monitoru i njihovim lepim licima. Imao sam nameru da ih obe isprskam na ekranu.

Stegnuo sam je još jednom za sisu, a onda sam je uhvatio za vrat i okrenuo ka sebi. Uzeo sam kurac u ruku i gurnuo je dole. Sperma je poletela iz kurca čim je kleknula. Trgnula se kad je prvi mlaz zapljusnuo, izgledala je kao da je nešto udarilo. Zatvorila je oči i usta i namrštila se dok joj je topla tečnost dugo prskala lice. Držao sam je za rep dok sam svršavao, sa glavom podignutom na gore.

Kad je osetila da je prskanje prestalo, otvorila je oči i pogledala me. Kao da me je pitala da li je bila dobra. Vlažnim glavićem sam joj milovao usne. Očekivao sam da otvori usta, ali to nije uradila. Nepomično me je gledala i pustila da joj razmazujem spermu po licu.

Čim sam joj pustio rep, ustala je i otišla do stola. Iz fioke je izvadila maramice i obrisala se. Jednu je pružila i meni. Šteta, pomislio sam, imao sam nameru da je slikam i to pošaljem Mileni.

Skinuo sam pantalone i spustio ih na stolicu. Delovala je iznenađeno kad je to videla. Ali bilo je još puno vremena do kraja časa, i nisam imao nameru da joj prekidam nastavu. Skinuo sam bokserice i seo na njen krevet.

"Dođi", rekao sam joj.

Prišla je i sela pored mene.

"Zar ti nisu mokre te helanke? Nećeš da ih skineš?"

"Nema veze"

Gledali smo se u oči, a onda sam se približio i poljubio je. Nadao sam da ću uspeti da je poljupcima dovoljno opustim i uzbudim. Dodirivala me je po vratu dok smo se ljubili, milovala mi je ruke, ali to je bilo sve. Malo sam se odmaknuo i pogledao je.

"Ustani malo"

Stala je pored kreveta. Uhvatio sam je za kukove i postavio ispred sebe. Ponovo sam se setio scene kad sam je prvi put video u tim helankama. Njena pičkica se kao i onda lepo ocrtavala kroz tkaninu. Samo što mi je sad bila mnogo bliža. Nagnuo sam glavu napred i poljubio je između nogu. Prstima sam uhvatio ivice helanki i počeo da ih povlačim dole.

”Nemoj”, stavila je ruke preko mojih.

”Ne brini. Samo hoću da te lepo vidim”

Sklonila je dlanove pa sam nastavio da je polako svlačim. Ispod helanki pojavile su se njene bele pamučne gaćice. Spustio sam helanke do kolena a onda joj se ponovo približio. Poljubio sam njen brežuljak ispod gaćica. Osetio sam kako je uzdrhtala od toga. Kratkim poljupcima prelazio sam preko njenih usmina dok mi je ona čvrsto stezala dlanove na kukovima. Liznuo sam jedanput pičkicu preko gaćica, a onda sam čvrsto pribio svoje usne uz njene, i još jednom ih poljubio.

Odmaknuo sam se i pogledao je. Skinuo sam helanke sa nje, a onda sam je povukao ka sebi. Opkoračila me je i raširenih nogu mi sela u krilo. Uhvatio sam je za dupe i još više približio. Pribio sam njenu pičku na svoj dignuti kurac. Nastavili smo da se ljubimo. Ubrzo je sama počela da pokreće bedra, trljala mi je pičkom kurac. Video sam da ona i dalje ne uživa, ali je želela da ja uživam. Obema rukama sam joj gnječio sise dok smo se ljubili.

”Pokaži mi bar njih. Hoću da ih vidim”

I dalje se trljala o mene. Posmatrala me je neko vreme, a onda je prestala. Mislio sam da ću morati duže da je ubeđujem, ali uhvatila je ivice svoje majce i polako počela da je diže gore. Skinula je majcu i njene velike sise su se otkrile ispred mog lica.

”Ohhhhhhh... Kako su dobre”

Iskreno sam to mislio. Glasno sam uzdahnuo i polako uzeo sise u dlanove. Merio sam ih prstima, zadivljen oblikom. Posmatrao sam njene male bradavice između svojih prstiju, i skoro se trgnuo kad sam joj čuo glas.

”Jel ti se sviđaju?”

”O da, baš su dobre”

Smeškala mi se odozgo. Izgledala je ponosna na njih. Liznuo sam joj obe bradavice, a onda ih prstima nežno pomilovao.

”Ajd prošetaj malo za mene”

Pogledala me je začuđeno.

”Da šetam?”

”Hoću da te vidim bolje”

Ustala je oklevajući, a onda se polako okrenula i prošetala do kompjutera. Onda se vratila ka meni. Stidljivo je to radila, rukama malo pokrivajući međunožje. Znao sam da joj nije bilo lako da to radi.

”Lepo izgledaš”, ohrabrio sam je, ”Nastavi, hoću da te vidim”

Počeo sam da drkam dok sam je gledao. Želeo sam da se opusti i da shvati da lepo izgleda i da me uzbuđuje. Prelazio sam rukom preko kurca dok je u gaćicama šetala ispred mene. I dalje je bila pomalo crvena u licu, i stidljivo se osmehivala. Ali činilo mi se da je sa svakim korakom dobijala sve više samopouzdanja. Sve više sam se uzbuđivao od pogleda na njeno telo.

”Hoćeš da skineš gaćice?”

Nije ništa rekla, pretvarala se da nije čula. Sačekao sam da dođe do mene i uhvatio sam je za ruku. Lagano sam drkao kurac dok sam je gledao.

”Hoćeš da naučiš nešto novo?”

Držala je dlan u mom dok je drugu ruku imala savijenu u laktu. Nisam čekao na odgovor. Lagano sam je povukao na dole. Kleknula je između mojih nogu. Nagonski je uzela kurac u ruku i upitno me zbunjeno pogledala. Uspravio sam kurac ka njenim usnama. Gledali smo se u oči dok sam glavićem prelazio preko njih. Nisam joj ništa rekao. Izgledalo mi je kao da sam joj dugo milovao usne. A onda su se one konačno raširile. Obuhvatila je vrh glavića i poljubila ga kratko.

Raširila je usne još više i zatvorila oči. Gurnula je glavu napred i primila čitav glavić unutra. Zastenjala je kad ga je osetila u sebi. Počela je da ga puši, onako kako je najbolje umela i kako je mislila da treba. Oboje smo uživali. Ložilo me je to što sam znao da joj je to bio prvi put da je osetila kurac u ustima. Držao sam je za potiljak dok ga je sve dublje uzimala u sebe. Učila se na mom kurcu i pokušavala da vidi koliko duboko može da ga stavi u sebe.

Sve više sam se uzbuđivao. Znao sam da neću svršiti tako. Sviđalo mi se što mi puši, ali to je radila previše sporo. Poželeo sam da pomeram bedra u njoj, da nabijem kurac dublje i brže, ali znao sam da bi je to samo uplašilo. Uhvatio sam je za rep i povukao nazad. Pogledala me je i izvadila kurac iz usta.

”Jel bilo dobro?”

Približio sam joj se i poljubio je.

”Bilo je odlično. Stvarno sam uživao. Hoćeš da naučiš još nešto novo?”

Oblizala je usne i klimnula.

”Hoću”

Malo sam se namestio i još više približio ivici kreveta. Postavio sam kurac na njene grudi, i obema rukama joj uhvatio sise. Pomerio sam ih ka sredini i obuhvatio kurac sa njima. Gurnuo sam bedrima napred i nekoliko puta prošao kurcem između njih. Onda sam joj stavio dlanove na sise, i pokazao kako da ih pomera.

Čvrsto je držala sise dok mi je njima drkala kurac. Brzo ih je pomerala gore dole, po čitavoj dužini kurca. Svo vreme me je gledala u oči, kao da ne može da veruje da mi se to sviđa. A mogla je da vidi da uživam u tome. Držao sam je za potiljak i gledao kako joj se velike sise brzo pomeraju. Moj kurac je za trenutak nestajao u njima, da bi se ponovo pojavio i glavićem skoro dodirivao njenu bradu.

Oduševljeno me je posmatrala dok mi je to radila. Svidelo joj se to što sam izgledao tako uzbuđen zbog toga. Još više se oduševila kad sam počinjao da svršavam. Izvukao sam kurac između sisa i uzeo ga u ruke.

Još uvek ih je držala podignute i uspravljene prema meni dok sam ih prskao spermom. Drkao sam levo i desno, izlivajući tečnost na obe.

Kad sam završio, spustila je pogled na sise. Po prvi put ih je videla isprskane semenom. Razmazivala je spermu prstima po njima, i izgledala zadivljeno njihovim novim izgledom. Lice joj je bilo nasmejano kad je uspravila glavu.

”Hoćeš da ih slikaš?”

Nasmejao sam se.

”Hoću”

Držala je ruke na sisama prekrivenim spermom, a ja sam napravio nekoliko snimaka. Još uvek je razmazivala tečnost po njima kad sam završio.

”Pošalji mi te slike, ok? Hoću da ih imam”

Narednih dana samo smo ponavljali slične scene. Šta god da smo radili, Ana nije izgledala kao da se previše uzbuđuje. Prijalo joj je što vidi da mene uzbuđuje, ali ona nije bila nimalo napaljena Činilo se da ne pravim nikakav napredak. Skoro da sam se već bio prepustio ideji da će se pre ili kasnije pojaviti neki klinac koji će je izjebati na nekom izletu ili žurci, i tako ostvariti Milenine noćne more. Nastavio sam da tražim da šeta preda mnom, da mi pokazuje slike, sise... Ali i dalje sam samo drkao dok je šetala i trljao se o nju dok smo zajedno gledali slike.

Setio sam se i porno sajtova. Zajedno smo gledali filmove, sve u nadi da će nešto od toga učiniti da se napali. Probao sam sve moguće žanrove i ništa nije uspelo. Ana mi je i dalje sve davala, osim svoje ribice, ali ni u čemu nije istinski uživala. Jedino u čemu sam uspeo kao nastavnik, proisteklo je iz filmova. Povremeno sam joj donosio filmove koje sa skidao sa neta, kratke klipove devojaka koje puše kurac i snimke igranja u krilu. To joj je bio kao domaći zadatak, filmovi koje je gledala kad nisam bio tu. Rezultat je bio taj da je postala odlična pušačica, igračica u krilu a naučila je i da odlično jebe sisama. To i nije bilo tako loše za mene, mada i dalje nisam dobijao ono što sam želeo od nje.

Jednog od tih dana, nakon doručka sam seo za sto. Popodne je bio čas sa Anom, a imao sam nameru da čitavo prepodne spremam ispite. Taman kad sam raširio knjige ispred sebe, stigla mi je poruka. Nepoznat pošiljaoc, pisalo je samo ”Jel može sad?”. Gledao sam u reči nekoliko trenutaka, a onda otkucao odgovor.

”Jel može sad šta?”

”Jel možemo sad da se tucamo?”

Tamara. Već sam bio zaboravio na nju. Dok sam smišljao odgovor, stigla je nova poruka.

”Jako sam napaljena”

”Zar ti nisi u školi?”

”Mogu da pobegnem s časova. Ana je ovde u učionici, znači imali bismo celo prepodne samo za nas”

Svidelo mi se kako se mala bila opustila. Nisam znao šta da odgovorim.

”Možemo samo u Aninoj kući. A Milena nije tamo da bi nas pustila”

”Zovi je da dođe. Ionako hoće da nas gleda”

”Čekaj”

Zvao sam Milenu na posao. Rekla je da je u gužvi, ali čim je čula o čemu se radi našla je vreme i rekla da kreće odmah.

”Čekamo te za petnaest minuta, kad god dođeš”, napisao sam Tamari.

Sedeo sam sa Milenom u njenoj dnevnoj sobi. Vrlo brzo nakon što smo se sreli, začulo se zvono. Milena je viknula da je otključano, i vrata su se otvorila. Tamara je ušla u sobu, zadihana od žurbe. Nasmešila se kad me je videla. Prišla mi je i poljubila u obraz.

”Ćao”

Onda se okrenula i sela u fotelju naspram mene. Klimnula je glavom Mileni.

”Dobar dan”

Spustila je svoju školsku torbu pored fotelje. Dok je to radila, probala je da se naguzi prema meni, i da to izgleda seksi. Nije baš uspela u tome. Ali je svejedno izgledala seksi. Nosila je bele uske farmerke, pocepane na kolenima, i njene lepo dupe je izgledalo savršeno u njima. Imala je plavu usku majcu, i gomilu ogrlica i narukvica. Kurac mi se digao čim je ušla. Stvarno sam želeo da je pojebem.

”Kako je bilo u školi?”

”Znaš već... Dosadno”

”Što ne sedneš pored mene?”

Ustala je i polako mi prišla. Dok je sedala primetio sam da je uzbuđena i pomalo uplašena. Stavio sam joj ruku na butine.

”I znači... ti i ja?”

Klimnula je glavom.

”Ti i ja”

”Ana neće saznati?”

Odmahnula je odlučno.

”Ne. Ne brini”

Ubrzano je disala dok me je bez treptanja gledala. Moja ruka joj je i dalje milovala butinu.

”Dođi bliže”

Pomerila je glavu ka meni. Poljubio sam je blago u obraz, a onda prešao usnama preko njenog lica i dodirnuo joj usne. Poljubili smo se nekoliko puta kratko pre nego što su nam se jezici prepleli. Moja ruka joj je stigla između nogu, blago sam je stisnuo. Zastenjala je kad je to osetila. Dok sam joj milovao joj pičku preko pantalona, duboko je disala. Ljubila me je strasno i stavila dlan na moju butinu. Polako je pomerila i osetio sam njene prste na bedrima. Dlanom mi je merila dužinu kurca, trljala ga je kroz farmerke. Nespretno mi je otkopčala šlic. Osetio sam kako joj dlan drhti kad mi je zavukla ruku u gaće. Obuhvatila je prstima kurac i izvukla ga.

Drkala mi je dok smo se ljubili. Otvorio sam oči i pogledao Milenu. Bila je okrenuta ka nama i pažljivo nas je posmatrala. Izgledala je uzbuđena zbog onoga što je gledala. Prestao sam da ljubim Tamaru i prošaptao.

"Jel si se tucala ti nekad?"

Klimnula je glavom.

"Naravno"

Kasnije mi je priznala da je to bilo samo jedanput, na ekskurziji, sa klincem iz razreda koji je svršio za manje od minut. Ali u tom trenutku, samouvereno me je posmatrala u oči dok mi je ćutke drkala kurac. Želela je da izgleda kao neko ko se jebe svaki dan. Malo sam spustio farmerke i rekao joj da ustane. Stala je ispred mene i zbunjeno me posmatrala dok je sklanjala kosu iza ušiju. Polako sam drkao kurac dok sam je gledao.

"Skini se"

"Sad?"

Postiđeno se brzo uhvatila za farmerke odmah nakon što je shvatila da je to pitanje glupo. Prsti su joj drhtali dok je raskopčavala šlic. Uhvatio sam je jednom rukom za farmerke i povukao ih dole. Skinula ih je sa članaka dok sam drkao gledajući je. Imala je crne tange koje su joj lepo stajale, mada nisam očekivao da ih vidim na njoj. Izgledala je kao da joj je neugodno da stoji tako pred nama. Bila je potpuno svesna naših pogleda. Bilo bi joj manje neugodno da je znala da smo je gledali zadivljeno, i oboje maštali o tome kako bi je jebali. Nije to znala, pa je brzo kleknula ispred mene.

Čim je uzela kurac u usta shvatio sam da je znala šta radi. Jednom rukom ga je čvrsto držala oko korena i sa pravom količinom pljuvačke ritmično nabijala glavu na njega. Očigledno joj nije bio prvi put. Pogledao sam Milenu. Već je bila zadigla suknju. Pomicala je ruke u gaćicama dok je zadivljeno posmatrala kako mi Tamara vešto puši. Možda je razmišljala kako je ona bila isto godište kao i Ana. Nije znala da je i njena Ana u to vreme već naučila da isto tako dobro puši kurac.

Držao sam dlanove na njenog glavi dok mi je pušila. Milovao sam je i napaljeno prolazio prstima kroz kosu. Izvadila je kurac iz sebe i zaustavila se. Držala je glavić ispred usana, oblizala ga je jednom polako, pa je duboko udahnula. Ponovo je skupila usne preko glavića, lako skliznula preko njega i nastavila ga gura kurac u usta. Znao sam da hoće da pokuša da ga celog proguta, kao što sam znao da ne postoje šanse za to.

Ali usnama je napredovala po njemu. Santimetar po santimetar preko čitavog kurca, i uskoro su njene usne dodirivale moja bedra. Držao sam je obema rukama čvrsto za glavu, i razmenio iznenađene poglede sa Milenom. Tamara je držala kurac nekoliko sekundi u ustima, a onda je polako povukla glavu unazad.

Pogledala me je kad ga je izvadila iz sebe. Pljuvačka i moja predsemena tečnost su joj se slivali niz bradu. Kad je videla kako je iznenađeno gledam, nasmejala se. Po prvi put sam je video da se smeje tog dana. Iako su joj se suze slivale niz obraze, izgledala je stvarno srećno. Oblizivala je usne, i delovala ponosno dok je uživala u mojoj iznenađenosti.

Uzeo sam kondom sa stola. Stala je na noge i odmahnula glavom kad je videla to.

”Mislim da nam ne treba to. Meni bar”

”Što?”

”Ja nisam bila ni sa kim odavno. A tebi... verujem. Mislim, ne smeta mi. Hoću bez kondoma”

Pogledao sam Milenu. Klimnula je glavom. Izgleda da je bolje od mene odmah procenila Tamarino neiskustvo.

Uhvatio sam Tamaru za kukove i približio je sebi. Milovao sam joj dupe i gledao njen brežuljak u crnim gaćicama. Približio sam joj glavu i poljubio joj pičku kroz tkaninu. Uzdrhtala je od toga. Držala je svoje dlanove preko mojih dok sam joj usnama prelazio preko pičke. Njene gaćice su već bile mokre od sokova. Prešao sam dlanovima još jednom preko njenih butina, a onda je uhvatio za gaćice. Okrenula se ka Mileni. Po prvi put mi se učinilo da oseća stid. Milena je shvatila isto. Odmah je počela da otkopčava svoju košulju, da joj olakša. Tamara je posmatrala kako se pred njom otkriva Milenin brushalter, i ponovo se okrenula ka meni.

Povukao sam joj gaćice polako dole. Njena pičkica se otkrila pred mojim očima. Bila je potpuno obrijana. Očigledno se bila spremila za naš susret. Imala je velike usmine, koje su bile natopljene njenim sokovima. Polizao sam je jedanput, odozdo na gore, dodirnuo jezikom klitoris i ona je uzdrhtala. Rukama mi je sklonila glavu. Uzela je kurac u ruku i spustila se niže. Prislonila ga je na ulaz svoje pičke i počela da se nabija na njega.

Bila je jako uska. I bilo je očigledno da se stvarno odavno nije jebala, ako se uopšte i jebala. Ulazila je jako polako. Zatvorenih očiju se pažljivo nabijala na njega i glasno stenjala sa svakim novim milimetrom koga je primala. Milena je ustala. Već je bila potpuno skinula suknju i košulju. Raskopčavala je brushalter dok nas je gledala, a onda nam je prišla i sela pored mene. Raširila je noge i nastavila da drka dok je gledala Tamaru kako se nabija na kurac.

Moja jebačica je otvorila oči i pogledala je. Pružila je ruke ka njoj i Milena joj se približila. Tamara je zagrlila i poljubila. Očigledno joj je trebala podrška. Nisam to očekivao, ali izgledalo je kao da su obe uživale u poljupcima. Zatvorenih očiju su milovale sise jedna drugoj.

Milena je prestala da je ljubi. Pogledala je u oči jednim dugim pogledom, a onda je polako spustila glavu do njene pičke. Osetio sam kako mi njen jezik prelazi preko kurca, dodiruje mesto na kome ulazi u Tamaru, a onda je prešla na njenu pičku. Lizala joj je klitoris, i Tamarina bedra su se tresla od toga. Ali izgleda da je bila previše osetljiva. Uhvatila je Milenu za glavu i polako je gurnula od sebe. Milena se ponovo naslonila pored mene.

Tamara i je dalje klizila niz kurac polako. Izgledala je kao da nije mogla više. Njeno lice bilo je oznojano dok je zatvorenih očiju duboko disala. Polako je počela da se pridiže, a onda se opet nabijala na njega. Oslonila se dlanovima na moje grudi dok me je lagano jahala. Mogao sam da osetim njen dah dok me je njena kosa milovala po stomaku. Držao sam ruke na njenom dupetu i čvrsto ga stezao. Slušao sam je kako stenje dok me je polako jebala.

Onda sam se uspravio. Obuhvatio sam je rukama i podigao. Okrenuo sam je i položio na krevet pored Milene. Ona je podigla stopala na krevet i okrenula se ka nama. Njena pička je bila iza Tamarine glave. Stavila je vlažne prste ponovo preko nje i nastavila da drka. Malo sam ga izvadio iz Tamare, a onda ga opet gurnuo unutra. Jebao sam je malo brže, ali sam pazio da ga ne gurnem više nego što joj je prijalo. Ulazio je i izlazio sporo iz nje, ali me je ložilo samo saznanje da sam jebao Aninu najbolju drugaricu.

Gledao sam kako se njeno uzbuđeno lice grči ispod mene. Oznojana i zatvorenih očiju, izgledala je kao da je moj kurac jako boli, i da joj istovremeno pruža najveće užitke. Držala mi je ruke čvrsto na dupetu, snažno ga je stegnula dok sam ulazio u nju.

Onda sam na glavi osetio Mileninu ruku. Podigao sam pogled i video je. Podigla je bedra se kreveta i klečala pored Tamare. Brzo je drkala pičku dok me je stegnutih zuba uzbuđeno posmatrala. Uhvatila me je za potiljak i povukla ka sebi. Spustio sam glavu ka njenoj pički. Jezikom sam brzo prelazio preko njenog klitorisa, lizao sam je najbrže što sam mogao dok mi je ona glavu nabijala na sebe. Pomerala je bedra brzo i trljala se o moje lice, a onda sam osetio kako počinje da se trese.

Nabila je pičku na moje lice i trljala se o njega. Stegnula me je čvrsto prstima i glasno kriknula dok je svršavala.

Pokreti su joj bili sve sporiji, sve dok nisu prestali. Nastavio sam da je ližem još malo, skupljao sam ostatke njenih sokova jezikom. Kad se ona povukla, ponovo sam pogledao Tamaru. Kao da nije ni bila svesna šta se desilo iznad nje. Približio sam usne njenima i poljubio je. Sa moje brade se još uvek slivala Milenina tečnost i usne su mi bile pune njenih pičećih sokova. Tamara je otvorila oči kad je prepoznala ukus, a onda je nastavila da me ljubi. Razmenjivali smo Mileninu tečnost sve dok nisam bio blizu svršavanja.

Izvadio sam kurac iz Tamare i drkao ga iznad njenog stomaka. Milena je klečala iza nje, lagano je stiskala svoje sise. Obe su me posmatrale dok sam brzo prelazio dlanom po kurcu. Želeo sam da ih isprskam obe, ali ovo je ipak bio Tamarin dan. Uspravio sam glavić ka njoj onda kad je počelo. Prvi mlaz sperme je isprskao po licu, a ostatak je završio na sisama. Držao sam ruku na njenoj butini i nakon što sam svršio. Gledali smo se u oči dok sam joj glavićem polako prelazio preko usmina.

Malo se pridigla, uhvatila me za potiljak i povukla sebi. Spustio sam se preko nje. I dalje me je držala za glavu kad je uzela kurac u drugu ruku. Počela je da njime trlja svoju pičku. Više nije oklevala da dodiruje klitoris. Brzo je prelazila glavićem preko njega. Pička joj je bila još vlažna od moje sperme i njenih sokova, i ona je sve brže razmazivala naše tečnosti po njoj.

Odjednom je snažno ugrizla usnu i zatvorila oči. Prestala je da se pomera i bedra su počela da joj se tresu ispod mene. Čvrsto je pritisla kurac uz klitoris. Protrljao sam ga nekoliko puta glavićem, a onda sam sklizuno unutra i zabio ga do kraja u nju. Svršavala je tiho dok je mogla, a onda više nije izdržala. Otvorila je usta i glasno kriknula. Stenjala je dok je kolenima pritiskala moje bokove.

Otvorila je oči i nasmešila mi se dok je me gledala kroz poluotvorene kapke. Poljubio sam je. Posmatrali smo se nekoliko trenutaka, a onda sam ga izvadio iz nje. Ustala je za mnom i pogledala se. Sa lica i sisa joj je curila moja sperma, a bila je mokra i na stomaku. Njena obrijana pička je bila potpuno vlažna, i tečnost se slivala niz unutrašnjost butina. Dlanom je prelazila po pički i osmehivala se. Bila je zadovoljna onim što je videla. Podigla je pogled ka meni.

”Hoćeš da me slikaš?”

Pogledao sam Milenu koja se smeškala.

”Što?”

”Onako. Hoću da pamtim ovaj dan”

Napravio sam nekoliko slika dok je ona stajala ispred mene i prstima razmazivala tečnosti po sebi. Izgledala je jebozovno, bez problema bih mogao da izdrkam samo gledajući te slike. Ostavio sam mobilni u stranu i počeo da navlačim pantalone. Iznenađeno me je pogledala, kao da se uplašila.

”Ne. Hoću još jednom”

Nisam ni imao nameru da je ne tucam ponovo. Ni sam nisam znao zašto sam navlačio pantalone. Nastavila je.

”Ana neće skoro doći iz škole”

Dok sam i dalje sedeo, ponovo sam svukao pantalone i skinuo ih. Tamara je gledala moj poluspušteni kurac.

”A ako misliš da neće uskoro da ti se digne... Možda mogu da pomognem”

Okrenula se ka Mileni i pogledala je. Stidljivo je gledala u oči, a onda je skupila hrabrost.

”Jel smem ja da vam uradim... Nešto što sam oduvek htela?”

Milena me je zbunjeno pogledala. Onda je klimnula glavom. Tamara joj je pružila ruku i pomogla joj da ustane. Razmenile su jedan vruć poljubac, a onda je Tamara kleknula ispred nje. Uhvatila je za dupe i odmah približila glavu njenim bedrima. Milena me je zbunjeno gledala dok joj je lizala pičku. Potpuno iznenađena, kao da nije mogla potpuno da joj se prepusti.

Moj kurac se odmah digao čim sam video to. Prišao sam Tamari i gurnuo joj ga u ruku. Nespretno ga je drkala dok je prelazila jezikom preko Mileninih nabreklih usmina. Uhvatio sam Milenu za dupe i poljubio je. Osetio sam Tamarin dlan pored svog, i ona je stezala Mileninu guzu.

Čuo sam kako Milena sve glasnije stenje pored nas. Spustio sam glavu ka Tamari. Njen jezik je i dalje brzo palacao preko Mileninog klitorisa. Približio sam kurac ka njoj i prelazio glavićem preko njenog obraza. Pustila ga je da se trlja o njeno lice, a onda je je uzela u dlan. Okrenula je kurac ka Mileni i pomerala glavić po njenim vlažnim usminama. Ponovo se približila njenoj pički. Lizala je istovremeno glavić i klitoris, palacala je brzo po oboma. Kurac je pomerala sve brže u ruci dok je njime trljala pičku.

Osećao sam vlažnu i meku Mileninu pičku i istovremeno brze udarce jezikom po glaviću. Zastenjao sam glasno. Uhvatio sam Tamaru za kosu i drugom rukom jače stegnuo Milenino dupe. Ona je stenjala glasno zatvorenih očiju. Obema rukama se držala za Tamarinu glavu. Sise su joj se tresle dok je svršavala. Čvrsto sam je držao za dupe i uživao u pogledu na njeno telo u orgazmu.

Tamara je i dalje držala kurac u ruci kad je ustala. Gledala je u Milenu nekako ponosno. Dobila je novo samopouzdanje time što je dovela do orgazma mamu svoje drugarice. Činilo se kao da se po prvi put oseća ravnopravnom sa nama. Poljubila je Milenu i privukla i mene ka njima. Okrenula se ka meni i poljubila me. Držao sam ih obe za dupe dok su nam se jezici preplitali.

Tamara se malo povukla i pogledala Milenu u oči.

"Imam nešto za vas"

Onda je gola prošetala preko sobe i uzela svoju torbu sa poda. Preturala je po njoj, između školskih knjiga i svezaka, a onda izvukla nešto što je ličilo na dildo sa pojasevima. Nasmejao sam se. To sam dotad viđao samo u porno filmovima. Pogledao sam u Milenu koja je obema rukama pokrila usne smejući se. Gledala je zapanjeno u Tamaru.

”Pa šta ti je to?”

Klinka se smeškala.

”Rekli ste i sami, čula sam vas lepo... Hoćete da me jebete, samo da imate kurac. Pa evo, donela sam vam kurac”

Milena se i dalje smejala dok joj je Tamara vezivala pojas oko struka. Onda je ustala i pružila joj bočicu lubrikanta.

”I ja hoću da me jebete”

Okrenula se ka meni i blago me gurnula na krevet. Legao sam na leđa. Polako je prstima prelazila preko pičke dok me je gledala, a onda me je opkoračila. Uzela je kurac u ruku i sela na njega. Ovaj put je ulazio malo lakše. Uspevala je da me jaše brže nego prvi put. Uhvatio sam je obema rukama za sise i lagano ih gnječio dok sam osećao kako se kurac probijao kroz njenu usku pičkicu.

Milena je stajala pored nas. Zbunjeno nas je posmatrala, ne znajući šta da radi. U ruci je i dalje imala lubrikant, a beli plastični dildo je ukrućeno stajao na njenim bedrima. Tamara se okrenula ka njoj i pogledala je. Uhvatila se za dupe i malo ga raširila. Milena je sumnjičavo pogledala kad je shvatila šta želi.

”Jel si sigurna? Ovo ovde...”, zatresla je dildo rukom, ”Nije ovo baš mali”

”Hoću da uđete u mene”, onda se okrenula ka meni i napaljeno nastavila, ”Hoću da me jebete. Hoću da vas oboje osetim u sebi”

Milena je slegla ramenima. Pretpostavio sam da se Tamara češće guzila nego što je primala u pičkicu. Imala je dobro dupe, i svi njeni vršnjaci su sigurno bili naloženi da je uzmu od pozadi. Bio sam siguran da je nekima i dala. Milena je razmazala lubrikant, i gledala me smeškajući se dok je rukom drkala svoj veštački kurac. Izgleda da joj je bilo zanimljivo to novo iskustvo.

Popela se na krevet iza Tamare. Uhvatila je jednom rukom za dupe, a drugom naciljala njenu rupu. Tamara je kriknula kad je počela da ulazi. Prestala je da skakuće po meni i zatvorila oči. Milena ga je gurala polako. Malo ga je gurala, pa vadila, da bi ga odmah zatim opet dublje nabila.

Izgledalo je kao da je ulazila lakše u nju nego ja prvi put. Tamara je izgleda stvarno volela da prima u dupe. Ali ni na to nije bila baš previše naviknuta. Kroz zatvorene kapke išle su joj suze dok je Milena sve dublje ulazila u nju. Ili je bila kupila previše veliku spravu za guženje. Disala je plitko, ako je uopšte disala. Kad je osetila da se Milena potpuno zabila u njeno dupe, glasno je uzdahnula.

"Ohhhh... Kako je dobro!"

Ponovo je počela da se pokreće na meni. Ubrzo su uspele da uhvate nešto što je ličilo na ritam. Ali Tamara više nije otvarala oči. Disala je duboko i glasno stenjala. Nakon nekog vremena počela je da odmahuje glavom.

"Ne, ne... Ne mogu..."

Milena je zastala. Sklonio sam joj kosu sa lica i pitao je da li je dobro. Klimnula je glavom.

"Previše je dobro. Baš je dobro... Baš jako dobro. Činilo mi se da ću se onesvestiti. Mislila sam da mogu, ali ne..."

Ponovo je odmahnula glavom. Milena je počela da vadi dildo iz nje. Tamara se trgnula i okrenula ka njoj.

"Ne!", uhvatila je za butinu, "Ne vi"

Ponovo se okrenula ka meni i pridigla. Izvadila je kurac iz sebe i poljubila me. Milena je nastavila da je guzi a Tamara se opustila. Ubrzo je počela da uživa, činilo se da je više uživala u guženju nego u jebanju. Stenjala je i dahtala, kao da će ubrzo svršiti.

Izvukao sam se ispod nje, i kleknuo na krevet ispred njenog lica. Čim je videla kurac ispred sebe uzela ga je u usta. Držala ga je jednom rukom dok mi ga je pušila. Milena je sve brže nabijala plastični kurac u nju. Izgledala je čudno dok je čvrsto držala Tamaru za dupe. Kao da je i ona uživala, kao da je stvarno jebala. Njene sise su se tresle dok me je napaljeno posmatrala.

A onda je Tamara počela glasnije da stenje. Izvadila je kurac iz usta i izgledala je kao da će da svrši. Njeno telo je ubrzo počelo da se trese pred našim začuđenim očima. Svršavala je iako je Milena samo guzila. Drkao sam kurac dok sam to gledao. Milena se trudila da se nabija brže u nju, i kao i ja zapanjeno je posmatrala kako je orgazam tresao.

Sve to me je previše uzbudilo. Ubrzo sam počeo da svršavam. Nabio sam glavić u Tamarina usta i izdrkao ga. Svu spermu sam izlio u nju. Oslonila je dlanove na moje butine i zatvorenih očiju je sve progutala.

Izvadio sam kurac iz njenih usta, dok je Milena polako vadila dildo sa druge strane. Video sam kako skida plastični kurac sa struka. Ostavila ga je na krevet, a onda je sela. Tamara je ostala da leži na krevetu još neko vreme. Mljackala je i zamišljeno razmazivala spermu po usnama. Onda je naglo ustala, prešla preko sobe i bacila se u fotelju. Smestio sam se na kauč naspram nje.

Tamara je nakon guženja odjednom ponovo delovala stidljivo. Podigla je stopala na fotelju i rukama obgrlila kolena. Milena me je pogledala i nasmešila se. Znala je da sam se setio Ane. Tamara je primetila kako je odmeravam pogledom i ponovo se malo opustila. Podigao sam dlan i pokazao joj šta želim.

”Raširi stopala”

Sačekala je trenutak, a onda poslušno raširila stopala. Između njenih članaka, videla se njena mokra pička. Zurio sam u njene velike, mokre usmine i znao sam da je i ona uživala što je videla da mi to prija. Ispod mesta gde su se usmine spajale, sasvim blizu fotelje, nazirao se njen drugi ulaz.

”Sledeći put”, podigao sam pogled ka njenim očima, ”Sledeći put hoću da te naguzim”

Nasmejala se.

”Znači, biće sledećeg puta?”

Klimnuo sam glavom.

”Definitivno”

”Nema problema”, uozbiljila se, ”Možemo kad hoćeš. Možeš i kod mene u školu da dođeš ako hoćeš”

”U školu?”

”Pa da. Uvek ima neka prazna učionica. A možemo i u wc-u”

”Ne možete u wc-u, Ana može da vas vidi”, Milena se umešala.

”Pazili bismo. A šta ima veze, ako nas i vidi, pozvaćemo je da nam se pridruži”

Probao sam da zamislim tu scenu. Tamara se kikotala neko vreme, a onda nastavila ozbiljnijim glasom.

”E stvarno, jel si je tucao već?”

Odmahnuo sam glavom. Tamara me je gledala, pa je spustila pogled niže. Okrenula se ka Mileni.

”Vidite kako mu se digao kurac čim smo počeli priču o Ani”

Milena je pogledala i nasmešila se.

”Izgleda da se više loži na moju ćerku nego na nas dve”

Tamara je klimala glavom. Neko vreme me je ćutke posmatrala, a onda je progovorila.

”Videla sam slike”

”Koje slike?”

”Slike Aninih sisa, koje si isprskao”

Pogledali smo je začuđeno.

”Ana ti je pokazala to?”

”Mi smo najbolje drugarice. Sve delimo. Dobro si je isprskao”

Uzeo sam kurac u ruku i pogledao Tamaru.

”Dođi ovamo. Da ti kažem nešto”

Spustila se na sve četiri i dopuzila do mene. Zavodljivo se smeškala dok je prilazila. Zastala je između mojih kolena, pridigla se i uzela kurac. Stavila ga je duboko u usta, onda ga je izvadila i polizala čitavom dužinom.

”Obožavam tvoju kurčinu”

Dok je ona počinjala da mi puši, Milena je ustala i sela pored mene. Obuhvatio sam je oko struka dok smo se ljubili. Drugom rukom milovao sam Tamarinu kosu. Milena je raskopčavala košulju. Već je bila skinula brus kad sam je uhvatio za potiljak i gurnuo prema kurcu. Savila se ka njemu, poljubila ga dok ga je Tamara pušila, a onda je skliznula sa kreveta i kleknula pored nje.

Provukao sam prste kroz njenu kosu. Držao sam ih obe za glavu i gledao kako mi puše. Smenjivale su sa na glaviću, jedna ga je cuclala dok je druga prelazila jezikom preko tela kurca. Pa su se onda susretale na njemu, ljubile ga svaka sa svoje strane, spajale su svoje tople usne sa njim između sebe. Rukama su mi milovale butine. Zadovoljno su posmatrale koliko su me uzbuđivale njihove usne.

Tamara je prva počela da mi liže glavić. Jezikom je brzo palacala preko njega. Milena joj se pridružila. Pomerala je jezik i sa svoje strane brzo lickala vrh kurca. Nastavile su da se ljube jezicima, preplitali su jedan preko drugog, a onda ih ponovo vraćale na glavić. Držao sam im glave čvrsto i znao sam da ću ubrzo svršiti.

Milena me je pogledala i nekoliko puta brzo prešla jezikom preko otvora na glaviću. Zastenjao sam glasno. Sperma se izlila na njih. Uzeo sam kurac u ruku i trljao ga između njihovih lica. One su se same pribile jedna uz drugu, napućile su usne i pustile da kurac klizi preko njih. Priljubile su obraz jedna uz drugu dok im je sperma prskala lica. Gledale su poluzatvorenih očiju kako uživam dok sam se izlivao na njih.

Tamara je još jednom stavila glavić u usta i polizala ga. Izvadila ga je iz usta.

”Ovo ne možeš sa Anom, a?”

Smejale su se dok su me zadirkivale. Gledao sam kako su oblizivale svoje svetlucave usne. Na njihovim obrazima stajao je trag sperme. Okrenule su se jedna drugoj i počele da se ljube. Ponovo me je podsetila na Anu i počeo sam da razmišljam o njoj.

”Kako da je tucam?”, pitao sam.

Tamara nije odgovorila. I dalje su se ljubile, verovatno me nisu ni čule. Uhvatio sam Tamaru za glavu i okrenuo je ka sebi.

”Imaš neku ideju kako da je tucam?”

Sklonila je kosu s lica i pogledala me.

”To je bar lako. Samo joj reci da si mene tucao. Ili da hoćeš da me tucaš, možda će i to biti dovoljno”

Ana ju sutra po običaju odmah ustala čim sam ušao u sobu. Više se nije femkala, znala je šta oboje hoćemo i nije htela da gubi vreme. Ljubili smo se dok mi je ona otkopčavala šlic. Progovorio sam između poljubaca, dok mi je drkala.

”Jel ti prija ovo?”

”Kako misliš”

”Mislim, ne radiš ovo zato što misliš da tako treba?”

Ana se odmaknula od mene i pogledala me začuđeno.

”Naravno da ne. Ništa ne bih radila da mi ne prija”

”Šta ti prija?”

”Volim da vidim da sam te napalila, ako baš hoćeš da znaš”

Nismo se više ljubili, ali mi je i dalje drkala dok je govorila. Gledala me je pravo u oči, a onda nastavila.

”Sviđa mi se kad ti se digne kurac, kad ga osetim ovako tvrdog u ruci, kad ti drkam i kad vidim da svršiš, i da znam da je to sve zbog mene”

”Ali što misliš da ne bi uživala kad bi mi dala... Da uđem u tebe”

”Ne znam za to”

Ćutke je posmatrala kako joj skidam šorc. Dozvolila mi je i da joj milujem pičkicu kroz gaćice. Nisam osetio da je bilo šta od toga uzbuđuje. I dalje me je mirno gledala.

”Mislim da još nije vreme”

”Ja mislim da jeste”

Prišao sam joj bliže i ponovo je strasno poljubio.

”Hoću da te jebem Ana”

Kurac mi je dodirivao njene butine dok sam pokušavao da joj sklonim gaćice u stranu. Prekinula je da mi drka i odgurnula me. Pogledala me je ozbiljnog izraza na licu.

”A jel tebi nije dovoljno ovo? Možemo i ovo da prekinemo ako hoćeš”

”Ne, ne”, pomilovao sam je po kosi, ”Naravno da mi odgovara bilo šta sa tobom. Samo, moraš da razumeš. Ja sam muškarac, i nedostaje mi... Treba mi da povremeno... Shvataš?”

Ćutala je spuštene glave. Držala je nepomično ruku na mom kurcu. Dok je ona razmišljala nastavio sam.

”A ne bih da te prevarim”

Setio sam se Milene i Tamare. Ali neke laži su u redu, mislio sam. Ana i dalje nije podizala glavu. Konačno je progovorila tihim glasom.

”I šta onda predlažeš?”

”Mogao bih da jebem neku tvoju drugaricu. Ne bi bila prevara ako i ti znaš za to”

Podigla je glavu ka meni.

”Šta?”

Odgovorio sam najsmirenije što sam mogao.

”Razmisli i sama. Ne bih te varao, ti bi bila prisutna. Ti bi i odabrala tu drugaricu. A verovatno bi mogla i da naučiš nešto”

Ana je ćutala i razmišljala. Zamišljeno je naglas ponovila, kao da sama želi da to bolje shvati.

”Tebi nedostaje jebanje, i hteo bi da jebeš neku moju drugaricu”

Onda je podigla pogled ka meni.

”Ok, što da ne. Zapravo, nije to ni tako strašno. A kao što si rekao, možda i naučim nešto. Samo, nemoj slučajno da si se zaljubio u neku od njih”

Nasmejala se. Poljubio sam je.

”Ma nema šanse”

”Dobro. Koju hoćeš?”

”Nemam pojma. Ne znam tvoje drugarice. Koju nudiš? Jel ima neka koja voli da se jebe?”

Nasmejala se.

”Sve vole da se jebu”

Mislio sam da se zeza, a onda sam shvatio da je ozbiljna. Gledali smo se neko vreme, a onda smo oboje istovremeno okrenuli glavu ka kompjuteru.

”Fejsbuk”, rekla je.

Seli smo i ona je otvorila listu svojih prijatelja. Napalio sam se dok mi je pokazivala drugarice sa liste, potencijalne jebačice. Imala je stvarno lepe drugarice. A sama pomisao na to da sve one vole da se jebu, i da Ana to hoće da organizuje, činila je da se napalim još više.

Ćutke smo gledali slike. Nisam ništa komentarisao. Čekao sam da stignemo do Tamare.

”Jel bi jebao ovu?”, Ana me je gledala.

Pogledao sam sliku. Plavuša duge talasaste kose, sa sisama na gotovs, gledala nas je sa ekrana.

”Dobra je riba”

Ana je klimnula glavom dok me je posmatrala. Izgledala je kao da je i ona želela da nas vidi u krevetu.

”Ima fenomenalno dupe. I kažu da se jako dobro jebe”

Klimnuo sam glavom.

”Stvarno je dobra. Ajmo dalje pa ćemo da odlučimo kasnije”

Ana je otvorila još nekoliko profila i pokazivala mi slike. Primetio sam da je preskočila Tamarin profil.

”A ova?”, pokazao sam na njenu sliku na nekoj grupnoj fotografiji, ”Jel to beše ona devojka koja je bila ovde?”

Ana je klimnula ne gledavši me.

”Jel mogu nju da tucam?”

Okrenula se ka meni.

”Hoćeš nju da jebeš?”

”Hoću nju da jebem”

”Moju prijateljicu Tamaru hoćeš da jebeš?”

”Da”

Posmatrala me je nekoliko trenutaka. A onda se brzo ponovo okrenula ka ekranu.

”Ma ne bi ti ona dala”

Ćutke je nastavila da mi pokazuje slike drugih devojaka. A onda se setila. Okrenula se ka meni.

”Ejjjjj... Pa kako sam zaboravila! Imam idealnu za tebe”

Nasmešila se i ponovo okrenula napred. Otvorila je jedan profil. Malo namrštena devojka crne kose, stajala je na nekom trgu. Činilo se da ima duge noge i delovala tek malo više popunjena. U svakom slučaju, bila je jebozovna.

Ana me je gledala očekujući odgovor.

”Nju bi verovatno mogao da jebeš odmah”

”Danas?”

”Ne danas, sad. Odmah. Vrlo brzo”

Uzdahnuo sam. Delovala je kao dobra riba.

”Ok, hoću. Jebaću nju”

Ana je veselo zapljeskala dlanovima. Uzela je telefon i otkucala poruku. Nekoliko trenutaka kasnije, stigao je odgovor.

”Šta je bilo?”, pitao sam.

”Rekla sam joj da sedim sa drugom i pitala je jel hoće da dođe na kafu. Dolazi za petnaest minuta”

”Ok. Imamo i vremena”

Otkopčao sam farmerke i izvadio kurac. Stavio sam ruku na Anin vrat i blago je pomilovao. Znala je da je to poziv na pušenje. Odmahnula je glavom.

”A, ne sad. Moraš da se čuvaš za nju”

”Ne brini se, ostaće dovoljno za nju”

Ana je odmahnula glavom.

”Neće, veruj mi”

Vratila mi je kurac u gaće, povukla šlic i zakopčala dugme. Onda me je pogledala.

”Idem sad da nam skuvam kafu. Ovo nemoj da otkopčavaš dok nisam tu”

Pijuckali smo kafu kad se petnaest minuta kasnije začulo zvono na vratima. Ana me je pogledala.

"Mmmmm, stigla je. Jel si spreman za nju?"

Prišla mi je i uhvatila za kurac. Nasmešila se kad je videla da je još dignut. Sagnula se i poljubila me.

"Nadam se da me nećeš zaboraviti nakon što je izjebeš"

Izašla je i ubrzo se vratila sa drugaricom. Iza nje je ušla crnokosa devojka. Bila je mnogo krupnija nego što je izgledala na slici. I mnogo viša. Ustao sam da se rukujem sa njom i shvatio da je barem za glavu viša od mene. Dobro sam je odmerio. Nosila je crnu korset majcu i crne helanke. Imala je otkriven struk, ne debeo, ali prilično popunjen i širok. Sise su joj se prelivale iz korseta i imala je široke i jake butine. Dok sam joj gledao otkrivena ramena, primetio sam da je i ona mene dobro odmeravala, od glave do pete.

Seli smo i Ana je pitala da li hoće kafu. Zbunjeno je klimnula glavom. Gledala je za Anom dok je izlazila iz sobe. Sačekala je da zatvori vrata, a onda se okrenula ka meni. Posmatrala me je nekoliko trenutaka bez treptanja. Onda je konačno progovorila.

"Vi ste me zvali na jebanje, jel da?"

Uzdahnuo sam i nasmejao se.

"Pa... da"

"Uf, dobro je. Ne pije mi se kafa"

Sklonila je kosu koja joj je padala preko sisa i prebacila je na leđa. Onda mi je dlan odmah stavila između nogu. Obuhvatila je kurac prstima koliko je mogla. Prelazila je dlanom preko njega, trljala ga je kroz farmerke dok me je gledala u oči. Kao da je procenjivala da li ću biti dobar za nju. Spustila se na pod i kleknula. Kad je otkopčala šlic i izvadila ga, blago je raširila oči. Podigla je pogled ka meni i malo se nasmešila, kao da se pravda.

"Volim velike kurčeve"

Sledećeg trenutka nabila je usta na njega. Jednom rukom mi je milovala jaja dok je drugom polako prelazila po stomaku. Uhvatio sam je za glavu dok sam zadivljeno postmatrao kako je odmah bila spremna da ga čitavog proguta. Vrata su se otvorila. Ana je ušla, ali nisam obraćao pažnju na to. Video sam da se nasmešila.

”Ah, već ste počeli”

Ostavila je kafu na sto i sela.

Skinuo sam majcu i bacio je u stranu. Uhvatio sam crnokosu za glavu. Podigao sam pogled ka Ani i video kako i ona skida majcu. Uhvatila je obe sise rukama i pokazala mi ih je. Čvršće sam uhvatio crnokosu i nabio je na kurac. Glasno sam stenjao. Bio sam dugo napaljen i već spreman da svršim. Podigla je pogled ka meni a onda izvadila kurac iz usta. Gledala me je u oči dok ga je drkala na svoje lice. Bez treptanja je primala spermu na sebe. Pomerala je glavić na sve strane, dok je tečnost prskala po obrazima i bradi.

Kad sam prestao, ponovo ga je uzela u usta. Pušila ga je kao da se ništa nije desilo, kao da je očekivala od mene da odmah budem spreman za nastavak. Što i nije bilo daleko od istine. Osetio sam kako mi se kurac diže u njenim ustima. Spustio sam ruku do njenih sisa i zgrabio ih obe. Gnječio sam ih snažno dok mi je ćutke pušila. Izgledala je kao da nije primećivala to. Uhvatio sam korpice korseta i povukao ih dole. Sise su joj ispale u moje dlanove. Gnječio sam ih sve dok joj bradavice nisu postale potpuno krute. Onda sam je uhvatio za kosu i povukao na gore.

”Hoću da te jebem”

Pogledala me je dok joj se pljuvačka slivala niz bradu. I dalje je klečala, samo se malo naslonila unazad. Niz lice joj se slivala sperma, curila je na njene grudi. Sise su joj bile podignute na korpicama. Imala je mali rajfešlus na mini korsetu. Povukla ga je na dole i pustila da sise slobodno padnu. Oblizivala je usne dok je stavljala ruku u helanke. Počela je da drka dok me je gledala. Izgledalo je kao da razmišlja o tome kako želi da je jebem.

Onda je ustala. Uzela je torbicu i došla do stola. Skinuo sam farmerke i prišao joj. Uhvatio sam je za pičku dok je preturala po unutrašnjosti torbice. Gnječio sam je kroz helanke, ali ona kao da nije obraćala pažnju na to. Izvadila je gomilu kondoma, nanizanih jedan na drugi. Otkinula je jedan i pružila mi ga. Onda je skinula helanke i svukla ih do članaka.

Nije nosila gaćice. Naslonila se na sto i dodirivala svoju veliku pičku dok me je gledala. Bila je sasvim obrijana, ali je ostavila malu tanku liniju koja je išla od vrha njene pičke ka stomaku. Zadivljeno sam posmatrao njene mokre usmine i tu liniju iznad njih. Prekinula me je kad me je uhvatila za kurac i povukla ka sebi. Protrljala je glavićem klitoris nekoliko puta, a onda ga je sama gurnula unutra. Uhvatila me je za dupe i povukla sebi.

Odmah sam počeo snažno da je jebem. Činilo mi se da sam prvi put brzo svršio i bilo me je malo stid zbog toga, iako je bila mlađa od mene. Hteo sam da joj pokažem da mogu dobro da je izjebem. I osetio sam da je njoj potreban žestok seks. Zbog toga sam se nabijao u nju najsnažnijije što sam mogao. Držala me je za potiljak i gledala pravo u oči. Neprekidno je glasno stenjala. Kapljice sperme na njenom licu su se blago talasale u ritmu našeg jebanja.

Njene poluotvorene pune usne su me mamile. Prišao sam joj bliže i poljubio ih. Pretpostavio sam da na njima ima ostataka moje sperme, ali nisam mario za to. Umela je lepo da se ljubi i činilo mi se da oboje uživamo u tome. Zagrlio sam je dok smo se jebali, držao sam dlanove na njenim leđima dok sam ulazio u nju.

Čuo sam Anu kako nam prilazi. Verovatno joj se nisu svideli naši poljupci. Sklonila je tastaturu i monitor iza leđa devojke. Ona se ispružila preko čitavog stola kad je videla da joj ništa više ne smeta. Bila je toliko visoka da je udarala temenom glave o zid dok sam je jebao. Samo je savila glavu i nastavila da me gleda.

I dalje je uzdisala i stenjala. Povremeno bi i rekla nešto za šta je pretpostavljala da će mi se svideti. Ali nekako sam znao da folira. Više mi je izgledalo da je kao Ana, i da ne uživa previše u seksu. Ali barem je pristala na jebanje, a to mi je bilo dovoljno. Gledao sam je kako se prstima igrala sa spermom na licu. Kažiprstom je vrtela oko kapljice sperme, skupljala je na prst, a onda ga prinosila do usta i oblizivala. Znala je kako to izgleda.

”Ahhhh, kako me dobro jebeš... Obožavam tvoju kurčinu. Volim kad me tako dobro nabiješ. Mogla bih svaki dan da se jebem s tobom”

Slušao sam šta priča. Koliko god da sam znao da folira, ipak je zvučalo napaljivo. Mogao sam da svršim svakog trenutka. Ali trudio sam se da je ovaj put jebem što duže. Želeo sam da shvati da nisam jedan od njenih klinaca, koji svrši odmah nakon što vidi njene gole sise. Svaki put kad bih osetio da sam blizu vrhunca, sklanjao sam pogled sa nje. Trudio sam se da ne primećujem njene velike sise koje su skakutale ispod mene. I nipošto ih nisam uzimao u ruku. Razmišljao bih neko vreme o nečem drugom, a onda, kad bi me uzbuđenje prošlo, ponovo bih je pogledao i uživao u prizoru.

Anin sto je svo vreme lupao o zid dok sam jebao njenu drugaricu. Nisam znao da li je Milena tu, ni šta će misliti da znače ti zvuci. Samo sam nastavljao da se ćutke nabijam u nju. Jebao sam je dugo, ne znam ni sam koliko. Znao sam da je dugo onda kad sam pogledao Anu, i video da zeva. Ali njena drugarica je i dalje bila neumorna. Junački je primala moju kurčinu u sebe, stenjala je i ponavljala kako joj se to sviđa. Već sam bio na izmaku snaga, i bilo je krajnje vreme da svršim.

Pružio sam ruke ka njenim sisama. Bilo je dovoljno samo da ih uzmem u dlanove i stegnem. I da sam hteo, ne bih mogao da zaustavim svršavanje. Brzo sam ga izvadio iz nje i skinuo kondom. Gledala me je netremice dok sam ga izdrkavao na nju. Bilo je još više sperme nego prvi put. Uzdisala je i stenjala dok je posmatrala kako joj topla tečnost zaliva telo.

Kad sam završio, još malo sam trljao glavić o njenu pičku, a onda sam se odmaknuo. Uspravila se i pružila ruke ka meni. Poljubila me je jednom strasno, a onda prošaptala.

”Stvarno je bilo odlično, nisam lagala. Uživala sam”

Klimnuo sam glavom.

”Drago mi je da to čujem”

Vratio sam se do kreveta i seo. Devojka me je i dalje zamišljeno posmatrala dok je razmazivala spermu po svom telu. Onda se odjednom okrenula ka Ani, kao da se tek tad setila nje.

”Jel bilo dobro? Kako ti je izgledalo?”

Ana se nasmešila.

”Super. Uživala sam da vas gledam. Dva stručnjaka na delu”

Crnokosa se nekako ponosno nasmejala i prišla stolici.

Helanke su joj još uvek stajale obavijene oko članaka. Savila se i povukla ih je na gore, navukla ih je preko mokre pičke. Shvatio sam zbog čega je nosila crne helanke. Pogledala me je dok je sedala na stolicu, pogled joj je prešao i preko mog poluspuštenog kurca.

”Što sediš tako daleko?”

”Pa... Nema mesta”, odgovorio sam.

”Kako nema? Evo sešću ti u krilo”

Ana je brzo ustala sa stolice.

”Evo sedi ovde, sešću ti ja u krilo”

Seo sam i Ana je prislonile dupe na moj kurac. Devojka je uzela cigarete iz torbice. Slegnula je ramenima kad je primetila da je gledamo.

”Volim da pušim”

Njih dve su sedele golih sisa, jedna naspram druge. Gledao sam sise Anine drugarice, još uvek vlažne od moje sperme.

”Koja ima lepše sise?”, pitao sam ih.

Zbunjeno su pogledale jedna drugu, a onda spustile pogled do sisa. Sledećeg trenutka su prasnule u smeh.

”Pa iste su jebote”

”Stvarno iste, nisam ranije primetila”

Bilo mi je drago što sam im skrenuo pažnju na to. Primetio sam sličnost čim se devojka skinula. Bile su iste veličine i istog oblika, jedino su im bradavice bile drugačije. Dok su razmenjivale komplimente jedna drugoj, posmatrao sam Aninu drugaricu i razmišljao da li da je pitam. A onda odlučio da to uradim. Bilo je važno da Ana to čuje. Sačekao sam da me crnokosa pogleda, a onda sam je pitao.

”Ne možeš da svršiš, jel da?”

Gledala me je na trenutak, kao da se pitala da li da odgovori, a onda je odmahnula glavom.

”Ne”

”Ali voliš da pokušavaš?”

”Volim da se jebem, ako to pitaš. Iako ne mogu da svršim, volim da ga primam, prija mi osećaj da nešto čvrsto ulazi u mene. I prija mi kad znam da mogu da naložim nekoga da svrši zbog mene”

Klimnuo sam glavom, zadovoljan odgovorom. Ana je baš to trebalo da čuje. Devojka me je posmatrala, očekujući neki komentar. Onda nas je pitala.

”Jel se vas dvoje tucate?”

Odmahnuli smo glavama.

”Što?”

Zaustio sam da nešto kažem, ali je Ana bila brža.

”Mislim da još nije vreme za mene”

Tamara je iznenađeno raširila oči.

”Nemoj da zezaš! Još si...? Da ti kaže nešto tvoja drugarica. Ovo ovde je dobar jebač. Meni možeš da veruješ, stručnjak sam za tu oblast. I to na čemu odmaraš dupe je odličan kurac. To se ne viđa svaki dan. Nemoj da dozvoliš da ode od tebe jer mu nisi dala. Da je neka druga na mom mestu, već bi ti ga preotela, samo kad bi znala da mu ne daš. Ozbiljno ti kažem”

Devojka je ugasila cigaretu u pepeljaru i ustala. Krenula je ka korsetu i uzela ga sa poda. Onda se ponovo okrenula ka nama.

”Mada, to ne znači da sam ja previše fina. Nemoj da misliš da se neću još jebati s njim”, nasmejala se, ”Jebaću ga dokle god mu ti ne daš pičku. Ne brini se, neću ti ga uzeti, ali ću ga sigurno jebati kad ti nećeš”

Začuđeno sam je gledao dok se oblačila.

”Gde ćeš ti?”

”Idem”

Potapšao sam Anu po butini, pa je ustala.

”Jel moraš da ideš?”

Pogledala je u moj poluspušteni kurac.

”Ne moram. Ali...”, pokazala je ka mom međunožju, ”Mislim...”

”Ah, to...”, odmahnuo sam rukom, ”Ništa se ne brini”

Potapšao sam se po butini i pozvao je rukom.

”Dođi”

Sumnjičavo me je gledala, smeškajući se, a onda je polako prišla, zavodljivo vrckajući širokim bedrima.

”Jel si siguran?”

Opkoračila me je i sela mi u krilo. Naslonila je pičku preko mog kurca. Prišao sam joj bliže i poljubio je. Gurnuo sam jezik u njena usta i osećao kako počinje da se uzbuđuje. Dok smo se ljubili, gnječio sam joj sise, a onda sam se odmaknuo i stavio glavu između njih. Ponovo sam je pogledao. Polako je pomerala bedra u mom krilu. Gledala me je poluzatvorenih očiju, smešak joj se širio licem dok je osećala kako kurac raste ispod nje.

”Ohhhhhh... Možda i bude nešto ovde”

Trljala je pičku o mene, sve brže vrtela bedrima po mom kurcu. Onda se okrenula ka Ani.

”Jel imaš možda neke helanke koje bi mogla da mi pozajmiš?”

”Moje bi ti bile male. Možda ima Milena tvoj broj. Naći ćemo sigurno neku suknju bar. Što?”

Njena drugarica se ponovo okrenula ka meni.

”Zato što me mrzi da se skidam”

Stavila je palčeve unutar helanke i zavukla ih do pičke. Ostalim prstima čvrsto je držala tkaninu sa druge strane. Snažno je povukla u stranu i pocepala helanke. Otvorenih usta sam gledao tu scenu, nikad to nisam video ranije. Napravila je rupu na helankama, i njena pička je odjednom gola stajala preko mog kurca. Usminama ga je obgrlila i prelazila preko njega čitavom dužinom. Oboje smo stenjali dok je to radila.

Držala me je obema rukama za potiljak i približila mi se dok me je grlila.

”Tako mi se sviđa, tako je dobro”, prošaptala je.

Znao sam da je iskrena. I meni je bilo dobro. Sokovi iz njene pičke su mi vlažili kurac. Ranije nije bila toliko uzbuđena, i njeno iskreno dahtanje u moje uvo me je još više napalilo. Držao sam ruke na njenom dupetu dok se trljala. Okrenuo sam se ka Ani i pokazao joj na kondome na stolu. Otvorila je jedan i donela mi ga. Crnokosa ga je uzela u ruku i navukla preko kurca. Onda se pridigla, uspravila kurac rukom i sela na njega. Zastenjala je glasno dok je ulazio u nju. Kad ga je potpuno primila, otvorila je oči i pogledala me.

”Hoću da svršim”, prošaptala je, ”Ako s nekim mogu, onda si to ti”

Pridigla se i počela da me jaše. Zatvorenih očiju je brzo skakala po meni. Imao sam osećaj da se tad po prvi put tog dana stvarno jebala onako kako je htela. Kao da se dotad sputavala, kao da nije smela da pokaže pravu sebe. Činilo mi se da se tad oslobodila, onda kad je videla da može. Nije me štedela ni malo.

Primala ga je u sebe čitavom dužinom. Nabijala se snažno do korena, a onda ga je vadila sve dok samo glavić nije bio u njoj. Onda je opet brzo klizila na dole. Gledao sam joj sise kako besno skaču na sve strane, dok je njeno veliko telo odskakivalo po mojim bedrima. Sve glasnije je stenjala.

Pogledao sam Anu. Nadao sam se da će biti bar malo napaljena dok nas gleda. Ali video sam da je bila tek malo uzbuđenija. Primetila je da joj je drugarica drugačija, videla je da je ona više napaljena, i zbog toga se i ona malo promenila. Ali nisam video ništa od želje da i sama skakuće po mom kurcu.

Crnokosa me je i dalje grlila sa obe ruke. Glava joj je bila zabačena unazad dok je glasno stenjala. Skakala je brzo po kurcu, i činilo mi se da je to najbliže što može da bude svršavanju. Nisam više mogao da je čekam. Zavukao sam ruku ispod njenog dupeta i pokušao da je podignem. Otvorila je oči i pogledala me. Želeo sam da se izvučem ispod nje, i da joj ponovo svršim na lice.

”Isprskaj mi pičku molim te”

Brzo je legla na krevet i okrenula me ka njoj. Kleknuo sam između njenih raširenih nogu i skinuo kondom. Drkao sam brzo ispred njene pičke. Više je i nisam gledao u lice, samo sam posmatrao njene velike mokre usmine kako su se lagano pomerale ispred mene. Gurnuo sam glavić između usmina, pomerao ih levo i desno dok sam drkao i trljao joj klitoris. Prvi mlaz sperme otišao je gore, isprskao je stomak preko njene tanke linije dlačica. Ostatak bele tečnosti završio je između njenih usmina.

Poljubila me je kad sam završio.

”Hvala ti”, prošaptala je, ”Ovo je bilo baš dobro”

Gledali smo se nekoliko trenutaka u oči, a onda se okrenula ka Ani.

”Hoćeš molim te da mi dodaš mobilni iz torbe?”

Uzela je mobilni, uključila kameru a onda izbliza slikala svoju pičku prelivenu spermom. Još nekoliko puta je prešla prstom preko ekrana pa je ustala. Pogledala me je.

”Jel može jedan selfi sa mnom?”

Klimnuo sam glavom. Mada nisam očekivao baš takav selfi. Sela mi je u krilo, postavila se tako da mi se kurac vidi ispod njenih raširenih nogu, a onda je podigla telefon. Nasmešila se u kameru i slikala nas kako goli i oznojani sedimo posle tucanja. Okrenula se ka meni i poljubila me. Uhvatio sam je za sise dok smo se ljubili.

”Jel mi se to čini”, pitala je između poljubaca, ”Ili bi me ti jebao još jednom?”

Ćutao sam. Nasmešila se i ustala. Pružila je ruku ka meni.

”Jel može još jedan selfi?”

Prihvatio sam ruku i ustao. Onda je odmah kleknula ispod mene. Uzela je kurac u ruku i stavila ga preko usana, dok je drugom rukom pravila fotografije. Pozirala je dok ga je držala u ustima, pravila je slike iz nekoliko uglova, a onda je ustala. Dodirnula je pičku dok me je gledala, pokupila je malo sperme sa nje, a onda se okrenula ka Ani i ispružila ruku.

”Hoćeš malo?”

Ana je posmatrala njene vlažne prste pune sperme. Malo je razmišljala, a onda je odmahnula glavom. Crnokosa je slegnula ramenima i oblizala prste.

”Ne znaš šta propuštaš. Nego...”, pokupila je još malo sperme i polizala, ”Pogledaj moj fejsbuk”

Ana je začuđeno namrštila obrve. A onda je poslušala. Okrenula se ka stolu i otvorila njen profil. Na njoj je bila nova slika, ona prva koju je slikala. Njena pička, izbliza, sa mojom spermom preko nje. Ali to se nije prepoznavalo. Slika je izgledala kao greška, ili kao neka mutna apstrakcija. Ana se okrenula ka njoj.

”Ali, ovakve slike sam već viđala kod tebe”

Devojka je nestašno klimnula glavom. Slegla je ramenima kad je videla Anin zaprepašten pogled.

”To mi je nešto kao dnevnik. Svaki put kad me neko baš dobro izjebe, ja to ovako slikam izbliza i postavim. Niko ne zna šta je to, ali meni znači, kao podsetnik. Samo što sam ovaj put tako dobro pojebana, da bih trebalo da postavim čitav album”

Gledala me je smeškajući se. Prišao sam bliže. Slika njene pičke sa mojom spermom dobila je već više od deset lajkova njenih vernih fejsbuk pratilaca. Nije loše.

Zadovoljno mi se nasmešila. Onda je ponovo uzela korset u ruku, i shvatio sam da hoće da ide. Ali nismo završili ono zbog čega je došla. Ana se i dalje nije napalila. Naslonjena na svoj sto, zamišljeno je gledala sliku i proveravala ko je sve lajkovao.

Prišao sam joj i okrenuo je ka sebi. Uhvatio sam je za dupe i poljubio dok sam je navlačio na svoja bedra. Prislonio sam kurac čvrsto uz nju. Video sam da joj je drugarica zastala, posmatrala me je sa iščekivanjem. Uhvatio sam je za ruku i privukao nama.

Stala je iza Ane. Dok sam je ljubio, bedrima joj je prišla blizu i velikim dlanovima je uhvatila za sise. Trljala je svoju pičku o Anin šorc. Ana mi je uzela kurac u ruku i drkala. Ljubio sam je i stezao joj sise dok je njena drugarica napaljeno pomerala svoju pičku po njenoj guzi. Ali šta god da smo radili, i dalje nije bilo znaka da se uzbudila.

Onda je sama kleknula ispod nas. Želela je da mi puši. Uhvatila me je za dupe i prišla mi bliže. Nabila se na kurac i pušila ga dok je rastao u njenim ustima. Izvadila ga je i pogledala me odozdo. Drugom rukom je potražila drugaricu. Uhvatila je i privukla bliže nama. Još jednom me je pogledala, a onda se okrenula ka njoj. Prešla je jezikom preko pičke jedanput, kao da je želela da je izmeri, a onda je počela da joj spretno liže. Mene je uhvatila za kurac, polako ga je drkala dok su joj usne prelazile preko usmina njene drugarice.

Pogledao sam devojku. Delovala je iznenađeno kao i ja. Izgleda da se bilo isplatilo to što sam Ani davao porniće kao domaći. Stvarno je umela dobro da liže. A po zvucima koje je ispuštala, volela je da liže isto onoliko koliko je volela da puši kurac.

Crnokosa je držala glavu na Aninom potiljku dok me je gledala. Ćutke sam prelazio dlanovima preko njenih sisa i gledao kako su se uvijale pod mojim prstima dok sam ih gnječio. Bila je kao visoka, rasna amazonka pred Anom, nije ničim pokazivala da je uopšte osećala Anin jezik na sebi. Njoj je trebalo nešto jače.

Podigao sam ruku visoko ka njoj. Uhvatio sam je za potiljak i privukao je sebi. Dok smo se ljubili nakoliko puta sam je snažno udario po njenom velikom dupetu. Ljubili smo se dok je Ana i dalje bila posvećena lizanju. Spustio sam glavu na dole i pogledao je. Jezikom je vešto prelazila preko pičke ispred nje i bila usresređena samo na to. Ali i dalje nije bila uzbuđena. Verovatno joj je prijalo da liže, ali ništa više od toga. Odustao sam od pokušavanja da je uzbudim.

Sklonio sam Aninu ruku i prešao iza njene crnokose drugarice. Ionako visoka, bila je još na štiklama, i pogled mi je bio u visini njenih ramena. Sklonio sam joj kosu i poljubio joj rame dok sam ruke zavlačio ispod njenih ruku. Uzdahnuo sam kad sam joj ponovo osetio velike sise u dlanovima. Pribio sam se uz njega široka bedra, i naslonio kurac između njenih toplih guzova. Tu nam njena visina nije smetala. Kurac mi je bio je dovoljno dugačak da pređe preko čitavog njenog dupeta, i još i preko toga.

Polako sam se trljao po njenoj velikoj guzi. Verovatno je uživala da oseti tvrdi kurac na dupetu, dok joj je Ana sa druge strane lizala pičku. Trljao sam se brže. Sigurno je bila znala moje pitanje i pre nego što sam joj prošaptao.

”Jel može u guzu?”

Nasmejala se i okrenula profil ka meni.

”Obožavam da se guzim”

Uhvatio sam je za struk i okrenuo ka stolu. Ana nas je začuđeno pogledala, bila je previše zadubljena u lizanje, nije ni primetila šta se desilo. Crnokosa se odmah nagnula unapred. Oslonila se na sto i spremno naguzila. Milovao sam njene butine u helankama i trljao se o nju još neko vreme. Preturala je po torbici i iz nje izvadila kondom i lubrikant. Bila je devojka spremna na sve.

Gledao sam Anu dok sam stavljao kondom. Sela je u stolicu i zamišljeno dlanovima prelazila preko sisa dok nas je gledala sa interesovanjem. Milovao sam veliko dupe ispred sebe i razmišljao kako da joj ga nabijem. Bilo mi je lakše da joj svučem helanke, ali malo me je bilo iznerviralo to što je Ana i dalje bila hladna. Morao sam da ih pocepam.

Zavukao sam ruku u njih, onako kako sam video da ona radi, i probao da napravim rupu. Ali to uopšte nije bilo lako kao što je izgledalo. Ili je ona bila jača, ili je imala više prakse sa cepanjem helanki. Sklonila je kosu sa leđa i prebacila je preko ramena. Posmatrala me je dok sam se mučio. Onda sam prstima dohvatio rupu koja je već postajala ispred pičke, i snažno povukao tkaninu ka sebi. Helanke su joj se rascepale preko celog dupeta.

Razmazao sam tečnost preko kondoma i njenog ulaza, a onda joj prišao. Malo se savila u kolenima da mi olakša ulaz. Stavila je dlan preko jedne strane dupeta i raširila ga. Lako je ušao u nju, bila je iskrena kad je rekla da voli da se guzi. Posmatrao sam Anu dok sam ulazio, i trazio neki trag uzbuđenja na njenom licu. Ali ona je samo mirno posmatrala kako moj kurac nestaje u dupetu njene školske drugarice. Čuo sam kako je crnokosa već počinjala da stenje dok sam je sve brže guzio, ali Anin pogled se nije menjao.

Onda sam odustao, više nisam obraćao pažnju na nju. Čvrsto sam uhvatio svoju jebačicu za kukove i jebao je još brže. Snažno sam joj gnječio dupe i slušao je kako sa uživanjem glasno stenje zbog toga. Pljesnuo sam je nekoliko puta snažno po njemu dok sam je jebao. Glasno je stenjala ispred mene. Izvila se na stolu i okrenula da me vidi.. Jednom rukom sam je uhvatio za kosu i povukao je u stranu, a drugom rukom joj zgrabio sisu. Stezao sam je, ne baš nežno, ali ona je uživala u tome. Posmatrao sam njeno lice, činilo mi se da je po prvi put bila stvarno uzbuđena.

Povukao sam je ka sebi i koraknuo unazad, dalje od stola. Polako se spustila na kolena, sa mojim kurcem još uvek u sebi. Nastavio sam da je guzim čim se dlanovima oslonila o pod. Čučnuo sam iznad nje i nabijao kurac odozgo u nju. Rukama sam joj čvrsto grabio sise. Čitavo njeno veliko telo se treslo. Glava joj je bila podignuta kad sam počeo da je guzim, gledala je ispred sebe. Ali brzo je postala toliko uzbuđena da više nije mogla da je drži. Dahtala je sve brže dok joj se glava saginjala dole. Spustila se na laktove i jednom rukom počela da brzo trlja pičku. Posmatrao sam joj profil i oznojano lice, dok je oslonjena na pod zatvorenih očiju uživala. Spustila je glavu na tepih i oslonila obraz na njega.

Onda sam osetio kako počinje da drhti ispod mene. Ispustila je glasan, duboki uzvik, a onda je počela da svršava. Nikad ranije nisam čuo zvuk tolikog glasnog i velikog olakšanja. Godinama je čekala na to svršavanje. Njeno čitavo veliko telo se brzo opuštalo i grčilo. Činilo mi se kao da sam bio na nekoj velikoj moćnoj mašini koja se brzo tresla ispod mene. Ječala je i stenjala svo vreme dok je svršavala.

Nisam prekidao da je jebem. Video sam njene poluotvorene oči dok joj je glava i dalje bila na podu. Izgledala je kao da još uvek uživa. Držao sam ruke na njenim bokovima i želeo da traje što duže. Prijalo mi je da je guzim tako. Činilo mi se da je i trajalo dugo, ali ćutke je trpela moje nabadanje.

Osetio sam kako mi Ana prilazi od pozadi. Osetio sam njene sise kako mi se priljubljuju uz leđa. Obuhvatila me je dlanovima i milovala mi grudi i stomak. Kad mi je prstima dodirnula kurac, odmah sam počeo da svršavam.

Nisam ga vadio iz njene drugarice. Nabijao sam ga polako ali snažno dok sam svršavao, i spermom punio kondom u njoj. Ana se odmaknula čim sam počeo da svršavam, ponovo je sela u svoju stolicu i gledala nas. Crnokosa se okrenula ka meni i posmatrala me kako sam uživao dok sam je punio.

Čim sam ga izvadio iz nje, okrenula se i ustala. Gledala me je u oči, nekako drugačije. Skinula je kondom sa mene i bacila ga je u korpu ispod Aninog stola. I dalje me je netremice posmatrala nekoliko trenutaka, a onda mi je prišla i zagrlila me. Poljubila me je u obraz i prošaptala.

"Hvala ti. Ne mogu da verujem da sam svršila. Puno ti hvala"
Odmaknula se i ponovo me pogledala u oči.

"Hoću da me ponovo jebeš. Hoću da mi obećaš da ćeš me nekad ponovo jebati"

Uopšte nije obraćala pažnju na to što je Ana sedela pored nas. Pogledao sam je i video kako iznenađeno širom otvorenih očiju posmatra svoju napaljenu drugaricu. Onda je naglo ustala.

"Ok, sad je vreme da ideš kući"

Kad je Ana izašla, devojka je brzo na papiriću nažvrljala svoj broj telefona i gurnula ga u džep mojih farmerki. Podigla je pogled ka meni dok je to radila.

”Nikad ranije nisam svršila sa nekim muškarcem, uvek sam morala sama. Ovo sigurno nešto da znači”

Ana je ponovo ušla u sobu. U ruci je držala neku Mileninu suknju. Pružila je drugarici i sačekala da se obuče. Onda je blago i ćutke gurnula ka otvorenim vratima. Devojka je zastala na njima i okrenula se ka meni. Još jednom me je pogledala, nasmešila se i mahnula mi.

Kad su otišle, umorno sam seo na krevet, a onda sam se ispružio nazad. Gledao sam svoj spušteni kurac, ulepljen od sperme i razmišljao o dobrom jebanju od malopre. Nisam bio siguran da li ću pozvati tu devojku, ali sam znao da neću izdržati ako ubrzo ne pojebem Anu. Samo još uvek nisam znao kako to da izvedem.

Ana se vratila u sobu. Zamišljeno je došla do svoje stolice i sela. Neko vreme je ćutke grickala usnu, a onda me je pogledala.

”Ok, razumem da ti je ovo potrebno, sad sam to videla. Ali ja još uvek nisam spremna”

Gledali smo se nekoliko trenutaka. Nisam znao šta očekuje da kažem. Onda je nastavila pomalo oklevajući.

”Tako da... Jel ti dovoljno dva puta nedeljno?”

Nisam odmah bio razumeo na šta je mislila.

”Dva puta?”

Klimnula je glavom.

”Dobro, može i tri. Samo ne ovu što je malopre bila. Naći ću ti dve drugarice, ili nekoliko njih. Znam još puno njih koje jedva čekaju”

Iznenađeno sam huknuo. Nisam mogao da verujem da mi je tek tako ponudila to. Izgleda da se stvarno bila uplašila da me njena crnokosa drugarica ne preotme od nje.

”Dobro. Jednu već znam”

”Koga?”

”Tamaru”

Odmahnula je glavom i ustala.

”Ne možeš da jebeš Tamaru”

”Što?”

Prišla je krevetu i polako legla pored mene.

"Zato što je Tamara moja drugarica", poljubila me je kratko, "Glupo je. Osim toga, neće ti dati"

Ćutke sam klimnuo dok sam se prisećao scena jebanja sa Tamarom. Ana je naslonila glavu na moje grudi. Mogao sam da čujem zvuke Tamarinog dahtanja dok sam ulazio u nju. Tako smo i zaspali.

Sutradan nije bilo nikoga kad sam otvorio oči. Bio sam pokriven ćebetom, ali i dalje sam bio go. Pogledao sam na sat kad sam čuo zvuke iz kuće. Nisam mogao da pretpostavim ko je to bio. Ana je trebalo da bude u školi, a Milena na poslu. Dok sam se pitao koja od njih dve je u kući, posmatrao sam kurac kako mi se diže. Bilo mi je svejedno, bio sam spreman za bilo koju od njih.

Izašao sam iz njene sobe i oslušnuo. Zvuci su dolazili iz Milenine sobe. Bio sam go dok sam podignutog kurca hodao kroz njihov stan. Bilo mi je svejedno, obe su već dobro znale kako mi izgleda kurac. Polako sam odškrinuo vrata i ušao unutra. Bila je na sve četiri, naguzena ispred mene. Glava joj je bila u ormanu, preturala je po stvarima tražeći nešto. I dalje nisam imao pojma koja se od njih tako naguzila. U tom trenutku bilo mi je potpuno svejedno koja je. Uzeo sam kurac u ruku i tiho joj prišao od pozadi.

Stao sam iznad nje i polako drkao kurac dok sam je posmatrao. Video sam da je to bila Milena. Želeo sam da uživam u pogledu na nju pre nego što je izjebem. Klečala je u svojoj sivoj suknji. Nosila je visoke štikle i hulahopke dok se klatila napred nazad preturajući po ormanu. Polovina njenih leđa bilo je u ormanu, ali mogao sam da vidim da je gore nosila samo beli brushalter.

Polako sam kleknuo iza nje. Stavio sam ruke oko njenog struka i pribio kurac na njeno dupe. Radosno sam polako počeo da se trljam, znajući da ću ga uskoro nabiti u nju. Osetio sam kako se iznenađeno trgnula kad je osetila tvrdi kurac na svom dupetu. Pomerio sam dlanove preko njenog tela i pohotno je zgrabio za sise. Čim sam ih osetio u dlanovima prepoznao sam ih. Ana! Ispred mog kurca nije bila Milena, nego njena ćerka.

Pridigla se iz ormana i okrenula ka meni. Iznenađeno mi se smeškala dok sam dlanove i dalje držao na njenim velikim sisama. Pomislio sam kako je dobro što je nisam bio oslovio kao Milenu dok sam joj prilazio. Verovatno sam izgledao iznenađen kao i ona. Kurac mi je nepomično stajao na njenom dupetu, dok sam razmišljao zbog čega se tako obukla. Nasmešila mi se, kao da je znala o čemu razmišljam.

”Spremala sam ti iznenađenje”

”Baš ti je lepo iznenađenje”

Povukao sam je u stranu i gurnuo ka podu. Odmah sam legao preko nje. Ali ona se branila.

”Ne, ne tako. Nisam na to iznenađenje mislila”

”Ne?”

”Ma ne”

Pridigao sam se i ostao da klečim iza nje dok sam je posmatrao kako se vraća ka ormanu. Izvadila je Milenin sako iz njega i pogledala me.

”Ovo sam tražila”

Prišla mi je i poljubila me. Ustao sam i ona mi je pokazala da sednem na Milenin krevet. Zakopčala je dugme na sakou i vezala kosu u rep. Tek tad sam primetio da je koristila čak i istu šminku kao Milena. Ličila je na nju.

”Imamo još vremena dok Milena nije stigla”

Raširila je ruke, kao da je želela da se pokaže bolje, i nasmešila se.

”Pa... Kako ti izgledam?”

Pogledao sam je i huknuo. Odlično je izgledala. Stajala je na visokim Mileninim potpeticama, u njenim hulahopkama i zimskoj suknji. Brus ispod sakoa bio je previše zategnut, premali za njene velike sise koje su ispadale napolje iz njega sa svih strana.

”Jel su i gaćice njene?”

Zagonetno mi se nasmešila. Zadovoljno je posmatrala kako mi se kurac ponovo diže, a onda se okrenula od mene. Polako je počela da hoda po sobi. Odlazila je od mene, a zatim bi se okrenula i polako se vraćala sve do kreveta. Trudila se da korača kao manekenka dok je zavodljivo vrckala preda mnom. Izgledalo je kao da uživa u mojim napaljenim pogledima. Još više je uživala kad je videla da sam počeo da drkam kurac zbog nje.

Stala je nasred sobe i polako počela da otkopčava sako. Raširila ga je, a onda se uhvatila za sise. Gnječila ih je lagano dok sam ja drkao sve brže. Polako je skinula sako i odbacila ga u stranu. Ustao sam sa kreveta. Nekoliko trenutaka sam samo stajao i drkao gledajući je kako miluje sise. A onda sam polako krenuo ka njoj. Ispružila je ruke.

”Ne, čekaj! Imam još...”

Već sam bio pored nje, zgrabio sam je za dupe i privukao sebi.

”Mislila sam da se još presvučem, da ti pokažem...”

Ne treba više Ana, dovoljno si pokazala, pomislio sam.

”Pokazaćeš mi kasnije”

Okrenuo sam je ka vratima i gurnuo je na njih. Oslonila se rukama dok sam joj otkopčavao brushalter. Osetio sam kako joj uzbuđenje raste. Po prvi put smo ovo radili u Mileninoj sobi, a to je nju očigledno ložilo koliko i mene. Trljao sam kurac polako preko Milenine suknje dok je Ana pustila da joj brus padne na tepih. Oslonila se glavom na vrata dok sam joj zadizao suknju. Pogledao sam dole. Imala je bele gaćice, verovatno Milenine.

Skupila je noge kad je osetila kako joj provlačim kurac ispod dupeta. I dalje je bila oslonjena glavom na vrata kad sam počeo da se nabadam između njenih nogu. Klatila se nesigurno na Mileninim visokim štiklama i naslonila napred još više da ne bi pala. Gurao sam bedra ka njoj snažno, udarao sam je toliko jako od pozadi da se sve vreme čuo zvuk lupanja vrata. Setio sam se kako sam par dana pre toga na istom mestu jebao Milenu.

Ana nije obraćala pažnju na zvuke. Okrenula je profil ka meni i posmatrala sobu. Znao sam da je uživala što je to radila u Mileninoj sobi.

”Šta misliš, jel se i ona nekad ovako guzila na vratima?”

Nasmešila mi se. Izgleda da joj se dopala ta pomisao. Ponovo sam se setio kako je Milena napaljeno stenjala dok sam na istom mestu ulazio u nju.

”Ko zna... Možda. Verovatno”

Zadovoljno se nasmešila. Osetio sam kako mi je kurac prolazio ispod pičkice koja je bila sve spremnija. Gaćice su joj postajale vlažnije svaki put kad bih prošao ispod njih. Prešao sam dlanovima preko zategnutog pamuka na njenom dupetu, a onda uhvatio rubove gaćica.

”Zamisli koliko je ona uživala u ovoj sobi, koliko puta ga je primila u sebe i svršavala”

Čuo sam kako je glasno uzdahnula zatvorenih očiju. Malo sam joj svukao gaćice.

”Hoćeš i ti da uživaš?”

Ćutala je nekoliko trenutaka. Već sam bio spreman da je svučem i da joj ga nabijem, kad je odmahnula glavom. Pustio sam gaćice i ponovo je uhvatio za kukove. Zvuk lupanja vrata bio je sve glasniji. I mene je ložilo to što sam sa Anom bio u Mileninoj sobi.

A onda je odjednom nešto gurnulo vrata sa druge strane. Ana je podigla glavu i pogledala ka vratima. Ona su ponovo počela da se otvaraju, i Ana ih je panično gurala od sebe. Nekoliko trenutaka smo bez pokreta gledali ka vratima, čekajući da vidimo šta će se desiti.

Onda se sa druge strane začuo Milenin glas.

”Ana?”

”Da mama?”

Nastavio sam da polako guram kurac ispod Anine vlažne pičkice. Milena je nastavila.

”Ti si tu... Šta radiš u mojoj sobi?”

Ana je ćutala neko vreme razmišljajući. Ne verujem da joj je moj kurac koji joj je prelazio preko usmina pomagao u tome. Cupkala je pored vrata.

”Evo... Probala sam neke tvoje stvari”

”Hoćeš da me pustiš da uđem?”

Znao sam da je Milena odmah provalila šta se dešava. Nije bilo nikakve šanse da nije čula zvuk lupanja svojih vrata, i nije bilo šanse da nije znala zašto tako lupaju. Izgleda da je htela da zadirkuje Anu.

Mogao sam da je zamislim kako se raspoloženo smejuljila sa druge strane.

Ana me je pogledala dok sam se i dalje trljao između njenih butina, a onda se ponovo okrenula ka vratima.

”Ne sad”

”Što?”

”Ne mogu sad. Izaći ću kasnije”

”Dobro. Reci mi, jel bio Milan?”

Ana se oslonila dlanovima na vrata, poskakivala je od mojih udaraca bedrima dok je razmišljala šta da odgovori. Pokušao sam da zamislim Milenu sa druge strane. Prislonjena na vrata, verovatno je pokušavala da oslušne šta radimo. Verovatno se i napalila od ideje da se Ana možda jebala u njenoj sobi.

”Bio je. Ali je otišao”

”Što tako rano? Da se niste posvađali?”

”Mama! Pričaćemo kasnije”

”Dobro, dobro... Nego, samo još da te pitam...”

Anin telefon na stolu je zazvonio. Mogao sam da vidim kako je odahnula.

”Moram da se javim, izaći ću kasnije”

Okrenuo sam se i dohvatio telefon. Pre nego što sam ga dodao Ani, video sam da je na njemu pisalo Tamarino ime. Uzela je telefon u ruku, javila se i pokušala da se udalji. Ali nije mi padalo na pamet da je puštam. Pogotovo ne dok se spremala da priča sa Tamarom. Gurnuo sam kurac dublje između njenih nogu. Pogledala me je na kratko i jednom rukom se naslonila na vrata, dok sam mirno nastavio trljanje iza nje.

”Ćao Tamara, šta radiš?”

Zamišljao sam Tamaru kako je pričala Ani, potpuno nesvesna da je moj kurac bio tako blizu da uđe u ribicu njene drugarice. Pitao sam se kako bi reagovala kad bi znala šta joj prijateljica radi dok priča sa njom. Verovatno bi je to napalilo, možda bi i poželela da dođe?

Ideja da njih dve budu sa mnom u Mileninoj sobi me je još više uzbudila. Izvukao sam kurac između butina i odmaknuo se od Ane. Spustio sam joj suknju i poveo je ka krevetu. I dalje je pričala telefonom, odsutno me je pratila. Nije mi pridavala puno pažnje, mora da je Tamarina priča bila zanimljiva. Samo je poslušno legla na stomak kad sam joj rukom pokazao da to uradi.

Popeo sam se na krevet iza nje i opkoračio je. Gnječio sam joj dupe polako jednom rukom i drkao kurac dok sam je gledao kako razgovara. Pitao sam se kako bi reagovala ako bih tad ušao u nju. Da li bi mi dozvolila da ga bar malo gurnem u njenu guzu? Spustio sam glavić na pamučne gaćice i napaljeno pomislio kako verovatno pripadaju Mileni. Trljao sam ga neko vreme o njih dok sam razmišljao. A onda sam legao preko nje.

Naslonio kurac na njeno dupe i nastavio da se trljam. Ona je i dalje mirno pričala. Kao da nije bila svesna koliko sam bio napaljen, kao da nije osećala tvrdi kurac na sebi. Činilo se da je ni malo nije uzbuđivalo to što je kurac dignut zbog nje i što je spreman da odmah uđe u nju. Približio sam joj se i prošaptao u uvo.

”Stavi je na zvučnik”

Pogledala me je na kratko, a onda je klimnula glavom i poslušala. Tamarin glas se začuo u sobi. Ne znam šta je pričala, nije me zanimalo, ali mi se jako svidelo to što sam dobio osećaj da je Tamara sa nama u sobi. Odjednom sam postao svestan toga da Milenin krevet škripi pod nama. Očigledno ga je dobro razradila. Nisam znao da li je Tamara mogla da čuje tu škripu, ali sam želeo da može. Želeo sam da se i ona napali kad čuje šta radimo.

Ana je ponovo počela da obraća pažnju na mene. Izgleda da je i ona dobila osećaj da je Tamara tu pored nas, i delovala je kao da joj je to prijalo. Spustila je glavu na krevet. Telefon je bio pored nje, i ona je mirno ležala poluzatvorenih očiju. Delovala je kao da po je prvi put uživala dok je osećala moj kurac na sebi. Izgleda da smo oboje bili previše posvećeni jedno drugom, Tamara je morala barem dva puta da je pita šta radi.

”A, ja? Izvini, nisam čula pitanje. Pa evo, ništa. Ležim na krevetu. Uživam”

”Baš lepo. Jel ti bio Milan?”

Ana me je pogledala.

”Nije. Možda dođe kasnije”

”Milan, Miki veliki”, Tamara se nasmejala iz telefona, ”Nego stvarno, oćeš ti njemu da daš već?”

”Šta?”

”Pa oćeš se tucati s njim? Što mučiš dečka više?”

Ana se nasmešila i pogledala me, delovala je iznenađena pitanjem.

”Što pitaš, da se ne bi ti tucala?”

”Ma ne, onako ti kažem. Ti si mi najbolja prijateljica, ne bih ti nikad uzela momka”

Video sam kako se Ana sve više uzbuđuje. Počela je da pomera bedra, nameštala se ispod mene i trljala o krevet. Mogao sam da svršim svakog trenutka, ali nisam želeo da prekidam zanimljiv razgovor. Polako sam prelazio kurcem preko Mileninih gaćica, uživao u dodiru tkanine i Aninom zategnutom dupetu. Onda se ponovo začuo Tamarin glas.

”Ej? Što si se ućutala, jel si se naljutila nešto?”

”Ma jok. Razmišljam nešto. Šta misliš ti o Milanu?”

”Pa ono, dobar je tip”

”A da nije sa mnom, jel bi se tucala ti sa njim?”

Tišina sa druge strane. Zastao sam dok smo se Ana i ja gledali čekajući odgovor. Setio sam se koliko je bila uživala dok sam je jebao. Začuli smo njen uzdah u sobi.

”E, to ti je previše pametno pitanje za mene. Nemam pojma”

Ana je ponovo zaćutala. Ponovo je počela da pokreće bedra, brže nego ranije. Znao sam da zamišlja Tamaru sa nama. I ja više nisam mogao da čekam. Nagnuo sam se napred, uzeo mobilni i prekinuo vezu.

Kad sam ubrzao pokrete škripa kreveta je bila toliko jaka da me ne bi čudilo da je Milena u drugoj sobi mogla da nas čuje. U tom trenutku mi ne bi smetalo ni da je došla da nas vidi. Oslanjao sam se jednom rukom na njen krevet, dok sam drugom gnječio Aninu sisu i trljao se o njeno dupe. Bio bi to lep novi prizor za Milenu.

Svršio sam i izlio spermu na Mileninu suknju i gaćice. Znao sam da joj neće smetati. Želeo sam da zna šta smo radili u njenoj sobi, i da joj ostane uspomena na to. Oslanjao sam se na obe ruke i kurcem razmazivao spermu po tkanini. Ana se okrenula ka meni. Prišao sam joj bliže i poljubio je. Pogledao sam je u oči, sačekao trenutak, a onda ponovio staru ideju.

”Hoću da jebem Tamaru”

Po prvi put, Ana je klimnula glavom.

”Važi. Probaćemo. Ako ona bude htela, bilo bi super. Ne bi mi smetalo”

”A možda bi i uživala?”

Nasmejala se.

”Izgleda da bih uživala”

”Ok. Pozovi je onda. Sad”

”Sad?”

”Da, reci joj da se prekinula veza, i zovi je da dođe”

Posmatrala me je nekoliko trenutaka, a onda je klimnula glavom. Uzela je telefon i pozvala je. Presvukla se dok su razgovarale, navukla je helanke i vratila Milenine stvari u orman. Onako isprskane i zalivene spermom. Verovatno je imala važnijih stvari o kojima je razmišljala.

Izašli smo i tiho otišli do vrata njene sobe. Ušao sam unutra a ona je otišla do Milene da joj se javi.

Kad se vratila, pustila je tiho Tamarinu omiljenu muziku. ”Da se opusti”, rekla je. Delovala je nervozno dok smo je čekali, davala mi je savete da ne navaljujem i da je pustim da ona sama odluči. Izgledalo je kao da joj je bilo stalo da joj tucam drugaricu i da ona to gleda. Pokazao sam joj rukom da sedne pored mene. Stavio sam joj dlan na butinu i poljubio je. Prošao sam joj rukom kroz kosu i pogledao je.

”Sve će biti u redu, ne brini”

Nastavili smo da se ljubimo dok sam joj prelazio dlanom preko helanki. Trgnula se kad je osetila moje prste između nogu. Upravo tad se začulo zvono na vratima. Žurno je ustala i otrčala napolje.

Tamara je ušla prva u sobu. Smeškala mi se dok sam ustajao. Dobro me je odmerila, zadržala je pogled između mojih nogu jer je znala da to Ana neće videti dok stoji iza njenih leđa. I ja sam nju na brzinu odmerio. Imala je plave helanke, belu providnu košulju i po običaju puno lančića oko vrata. Ispod košulje video se crni brushalter. Rukovali smo se, pretvarali smo se da se jedva poznajemo.

Ana je sela na krevet i pozvala Tamaru da sedne pored nje. Uzeo sam Aninu stolicu i smestio se ispred njih. Posmatrao sam ih dok su razmenjivale obične devojačke priče. Tamara je sela prekrštenih nogu i okrenula svoju butinu ka meni. Izgledala je kao da me ne primećuje, ali video sam koliko je uzbuđena i znao da je jedva čekala da me primi u sebe.

Ana je bila nervozna. Sedela je raširenih nogu u svojim belim helankama i čas je gledala u Tamaru, čas u mene. Imala je sivi široki duks koji je skoro sakrivao njene velike sise. Znao sam da ispod njega nije nosila ništa. Od kako je sa sebe skinula Milenin brus, nije imala vremena da stavi svoj.

Iz druge sobe se začuo Milenin glas. Pozvala je Anu. Tamara je sačekala da joj drugarica izađe iz sobe, a onda je polako prišla kompjuteru. Nagnula se napred i uključila Skajp. Začuđeno sam je posmatrao. Delovala je nekako užurbano i poslovno. Stajala je nagužena pored mene dok je čekala da se program podigne. Lagano je njihala kukovima, kao da me je pozivala da je dodirnem. Uhvatio sam je za dupe i pomilovao njene plave helanke. Okrenula se ka meni.

”Sad će Ana da izađe do prodavnice”

”Kako znaš?”

Nije odgovorila, gledala je u monitor. Primaknuo sam stolicu bliže kompjuteru i ona mi je sela u krilo. Spustio sam ruke na njene butine i milovao ih. Oboje smo se okrenuli ka vratima, osluškujući. Kad se začuo zvuk zatvaranja ulaznih vrata, Tamara je kliknula mišem. Nekoliko trenutaka kasnije, Milenino lice se pojavilo na Skajpu. Nasmešila nam se i mahnule su jedna drugoj. Tamara je spustila prozor Skajpa.

”Eto, to je rešeno”

Ustala je i ponovo se vratila do Aninog kreveta. Potapšala je mesto pored sebe.

”Dođi”

Seo sam pored nje i ona je prošaptala.

”Milena hoće da nas gleda. Valjda ti ne smeta”

”Meni ne. Ako tebi ne smeta”

”Što bi meni smetalo?

Slegnuo sam ramenima. Gledala me je nekoliko trenutaka, a onda je nastavila.

”Reci mi, šta se dešava, što ste me zvali?”

Nasmešio sam je, jedva sam čekao pitanje.

”Ana hoće da vidi kako te tucam”

”Šta?”

”Ili tačnije, Ana mi je dala dozvolu da te jebem”

”Ana?”

Tamara je pogledala ka kameri. Milena nas je gledala. Nisam znao da li je mogla da nas čuje od muzike u sobi.

”Jel si ti siguran da Ana to hoće? Ana?”

Klimnuo sam glavom.

”U stvari, bilo bi najbolje da nas uhvati na početku”

Tamara je razmišljala nekoliko trenutaka. Nije trebalo da je ubeđujem. Prišla mi je bliže i nasmešila se.

”Pa onda, da počnemo”

Poljubila me je i ja sam uzvratio.

”Samo moraš da paziš. Ne smeš tako lako da se daš, moraš da se malo femkaš, da ne ispadne da si jedva čekala”

Nasmejala se kroz poljupce.

”Ne znam kako ću to moći da odglumim”

Prelazio sam dlanovima preko njenih helanki dok smo se ljubili, a onda sam podigao ruku i zavukao je ispod njene košulje. Taman kad sam je uhvatio za sisu, čuli smo zvuk ulaznih vrata. Tamara je namerno ispružila ruku i uhvatila me za kurac. Prelazila je dlanom preko njega dok smo čekali na Anu.

Začuli smo zvuk otvaranja vrata. Sačekali smo par trenutaka, da joj pružimo šansu da nas bolje vidi. Onda se Tamara odmaknula i pogledala ka vratima. Odglumila je iznenađenje, trgnula se i brzo pomerila od mene. Ustala je i krenula ka Ani.

”Ana, nije ono što misliš, ne znam ni sama kako se desilo, stvarno, evo...”

Ana je odmahnula rukom i ušla u sobu.

”Ne smeta mi, ne brini”

”Ne stvarno, nisam htela, nego tako nešto, ne znam...”

Stajao sam na sred sobe pitajući se šta da radim. Ana je mirno prošla pored mene i sela na svoje mesto. Tamara je odmah sela pored nje. Kad je Ana po običaju skrenula priču na nešto sasvim obično, ponovo sam seo u stolicu.

Znao sam da je bila zbunjena onim što je videla, ali to je i želela da se desi. Očigledno je bila toliko zbunjena da nije znala šta da radi, pa je nastavila da priča o bilo čemu, samo ne o onome što je videla.

Sedeo sam prekrštenih nogu dok sam ih gledao. Nijedna od njih nije obraćala pažnju na mene. Još malo sam podigao koleno da se bolje sakrijem, a onda sam polako otkopčao šlic. Izvadio sam kurac krišom i uzeo ga u ruku. Znao sam da se ništa neće desiti ako ja ne uradim nešto. Polako sam drkao kurac ispred njih dve, pitajući se odakle da počnem. One su i dalje čavrljale, potpuno nesvesne dignutog kurca pored njih.

Spustio sam oba stopala na pod. Dlan mi je i dalje polako prelazio preko tela kurca, kad su njih dve okrenule glave ka meni. Odjednom su ućutale. Širom otvorenih usta su bez treptanja gledale u dignuti kurac. Mislim da mi nikad nije bio veći nego tad. Obe su odglumile iznenađenje onim što vide. Tamara je čak dlanovima prekrila usta. Uloga za Oskara. Ana se nervozno nasmešila.

”Ijuuuu... Šta radiš to?”

Ustao sam polako i prišao im. I dalje nisam znao šta tačno radim. Devojke su i dalje zurile u kurac dok sam ga drkao. Uhvatio Anu za potiljak i blago je povukao ka sebi. Oklevala je. Okrenula je glavu ka Tamari, kao da je tražila dozvolu. Jedva sam čekao da ga obuhvati usnama.

”Ajde Ana, nije ti prvi put. Ajde da pokažemo Tamari kako se to radi”

Ana se približila, usnama je već skoro doticala glavić. Ali i dalje je posmatrala Tamaru. Onda više nije izdržala. Slegnula je ramenima i okrenula se ka meni. Raširila je usne i primila kurac u usta. Čim ga je osetila u sebi opustila se. Stavila je obe ruke preko mog dupeta i odmah počela da mi puši. Kao da je želela da pokaže drugarici šta ona zna. Spustio sam jednu ruku na njenu glavu, a drugu ispružio ka Tamari. Ustala je i došla pored mene.

Uhvatio sam je za dupe i poljubio. Dok sam joj čvrsto stezao guzu preko helanki, prstom mi je ćutke pokazala na monitor. Milena! Potpuno sam zaboravio na nju. Svo vreme nas je gledala preko Skajpa. Odnosno, gledala je u moja leđa. Tamara mi je pokazivala da bi Milena želela da vidi kako mi Ana puši.

Približio sam se krevetu, dok mi je kurac i dalje bio u njenim ustima, i postavio se bočno prema monitoru. Podigao sam jednu nogu na krevet i uhvatio Anu za potiljak. Dok sam je blago navlačio na kurac, pogledao sam prema monitoru. Nadao sam se da se Mileni svideo pogled.

Tamara je stajala pored nas i smeškala se. Uhvatio sam je jednom rukom za sisu i pogledao je. Već je bila spremna za jebanje, cupkala je dok nas je posmatrala. Helanke koje je nosila su bile preuske za njena bedra, kroz njih su se jasno ocrtavale velike usmine. Tamara nije nosila gaćice i na plavoj tkanini između nogu pojavila se tamna vlažna mrlja. Nije skidala pogled sa mene dok sam joj prelazio dlanovima preko sisa. I ja sam je napaljeno odmeravao pogledom. Jedva sam čekao da joj ga nabijem. Pokazao sam joj glavom prema stolu.

”Idi tamo i čekaj me”

Nasmešila mi se, a onda je upitno pogledala Anu. Ona je prestala da mi puši kad je shvatila da se Tamara ne pomera. Potapšala je rukom po dupetu da je ohrabri, a onda se ponovo nabila usnama na kurac.

Tamara se polako okrenula, i zavodljivo vrteći bedrima prišla Aninom stolu. Ana je prestala da mi puši, oboje smo posmatrali Tamarino dupe dok je hodala. Setio sam se Milene koja nas je tajno posmatrala preko monitora. Tamara je stala tačno ispred njega i oslonila se rukama na sto. Prišao sam joj odpozadi i obuhvatio oko struka. Jednu ruku sam spustio preko njenih butina, a drugom je uhvatio za vlažnu pičku. Tamara je zastenjala. Želeo sam da Mileni pružimo dobar šou. Nadao sam se da je drkala dok nas je gledala. Moji prsti su već bili vlažni dok su prelazili preko Tamarinih nabreklih usmina.

Već je žurno otkopčavala košulju kad sam je obema rukama uhvatio za helanke. Povukao sam ih na gore i zategnuo. Želeo sam da pokažem obrise njene pičke Mileni, za slučaj da nije dobro videla. Tamara je otkopčala brus i podigla sise ka ekranu. Prislonio sam kurac na njeno dupe, a onda se okrenuo se ka Ani. Stajala je pored kreveta i stidljivo nas posmatrala. Glavom sam je pozvao da nam priđe.

Poljubila me je kad je došla pored nas. Gledali smo se dok sam kurcem pritiskao Tamarino dupe i polako joj prstima prelazio preko pičke. Stala je ispred nas i pokušala da Tamari svuče helanke, ali joj ona to nije dozvolila. Ana me je zbunjeno pogledala, pitajući se šta da radi.

Uzeo sam je za ruku i povukao ka sebi. Okrenuo sam je ka stolu i blago je gurnuo napred. Odmah se naguzila. Posmatrao sam njeno dupe u belim helankama i stavio dlan preko njega. Zavukao sam joj ruku ispod guze i milovao joj pičku. Uživao sam u pogledu na njih dve. Obe su bile nagužene ispred mene, i obe su ispred monitora iza kojeg nas je Milena gledala. Kurac mi je i dalje bio na plavim helankama, ali znao sam šta Milena želi da vidi.

Odmaknuo sam se od Tamare i stao iza Ane. Čvrsto sam pritisnuo kurac na njeno dupe i odmah počeo da se trljam. Uzdahnula je dok sam je pritiskao na sto. Tamara je gledala šta radimo. Bila je oslonjena na lakat dok je dlanom druge ruke trljala pičku. Izgledala je kao da je jedva čekala da dobije kurac. Ispružio sam jednu ruku i stavio je preko njenog dupeta. Gledao sam ka kameri dok sam gurao Anu ka stolu. Dok su obe devojke duboko disale ispred mene, zamišljao sam kako Milena napaljeno drka u svojoj sobi.

Ana se okrenula ka Tamari. Posmatrala je kako uzbuđeno gricka usnu dok joj čvrsto stežem dupe. A onda joj se približila, nadajući se da neću čuti.

”Hoćeš da se jebeš s njim?”

Tamara je posmatrala, a onda je odmahnula glavom. Želeo sam da se manje femkala, i zažalio što sam joj uopšte pomenuo da treba da glumi oklevanje. Bio sam previše napaljen, i želeo sam da ga što pre gurnem u jednu od njih. Ali Tamara se i dalje pretvarala, a ja nisam smeo da previše navaljujem.

Uzeo sam ih za ruke, povukao od stola i privukao sebi. Priljubio sam ih jedna uz drugu i stao pored njih. Prislonio sam kurac na mesto gde se njihove butine dodiruju. Uhvatio sam ih obe za dupe i počeo da se trljam između njih. Ana mi se približila i poljubila me. Tamara nam je prišla i ubrzo smo se svo troje smo napaljeno ljubili. Dok su nam se jezici preplitali, sve snažnije sam im stezao guze i nabijao jednu o drugu. Tamara mi je uzela kurac u ruku, i zavukla ga između njihovih butina.

Nisam imao nameru da tako svršim, ali dugo sam čekao i bilo je previše uzbudljivo. Kurac mi je sve brže prelazio preko njihovih helanki i ubrzo sam svršio. Zatvorio sam oči, snažno sam ih pribio jednu uz drugu i čvrsto ih stegnuo na kurac. Prskao sam između njihovih butina i glasno stenjao.

Kad sam otvorio oči, video sam da me obe posmatraju smeškajući se. Izvukao sam kurac i odmaknuo se. I dalje su stajale zagrljene nekoliko trenutaka, a onda su se malo razdvojile i okrenule ka meni. Njihove helanke su bile skroz prekrivene mojom spermom. Velike vlažne mrlje stajale su preko njihovih pički, a nekoliko kapljica sperme im se polako slivalo sa bedara.

Seo sam na krevet, zavalio se unazad i oslonio na laktove. Uživao sam u pogledu na dve pičke koje sam isprskao. Devojke su se smeškale dok su me posmatrale. Ani je bilo pomalo neprijatno, činilo mi se da je želela da sedne. Onda sam se setio Milene. Rekao sam devojkama da se okrenu. Gledao sam u njihove guze dok su tako isprskane stajale da ih Milena vidi. Kurac mi se bio spustio, ali uživao sam u lepom prizoru.

Tamara se prva okrenula ponovo ka meni. Zagrlila je Anu a onda je zavukla ruku u helanke dok me je posmatrala. Nije više mogla da čeka, počela je da drka pored Ane. Okrenula je glavu ka njoj i zagledala se u spermu koja se slivala niz njenu pičku. Njene gaćice su se ocrtavale kroz mokru tkaninu i Tamara je trljala pičku dok je zadivljeno gledala to. Onda više nije izdržala. Prišla je Ani i nogama obuhvatila njenu butinu. Čvrsto se nabila na nju, zagrlila je i počela da se trlja. Ana joj je zbunjeno uzvratila poljupce, ne znajući šta drugo da radi. Njena drugarica joj je zavukla ruku ispod duksa i zgrabila je za golu sisu.

Tamara je sve brže razmazivala moju spermu po Aninoj butini. Okrenula je glavu ka meni kad je počela da stenje. Izvukla je ruke iz Aninog duksa i uhvatila je za dupe. Čvrsto ga je stegnula, pribila je Anu ka sebi i počela da svršava. Ana je zagrlila dok se Tamara tresla u orgazmu pored nje.

Ponovo sam pogledao kurac. Izgledalo je da već počinje da se budi. Devojke su me i dalje gledale dok su stajale zagrljene. Tamara se nasmešila kad je videla kurac.

"Izgleda da ti se svidelo"

Ponovo se okrenula ka meni i izvila bedra u mom pravcu. Kao da je znala da mi se sviđa prizor njihovih isprskanih pičkica u helankama. Neko vreme je polako prelazila dlanom preko svojih usmina, a onda mi je prišla. Kleknula je ispred mene, obuhvatila rukom vlažan kurac i stavila ga u usta. Dok je skupljala ostatke sperme sa njega, pogledao sam Anu. Zbunjeno je i dalje stajala na sred sobe, ne znajući šta da radi. Skinula je duks sa sebe, i ponovo otkrila svoje sise. Osetio sam kako mi kurac raste u Tamarinim ustima. Mahnuo sam Ani da nam priđe.

Kad je kleknula ispred mene, uhvatio sam Tamaru za kosu i povukao je. Pogledao sam je u oči kad je izvadila kurac iz usta.

"Skini se"

Nije čekala da joj dvaput kažem. Odmah je ustala i počela da se skida. Ana mi je pušila dok sam gledao kako Tamara otkriva pičku pred nama. Skinula je helanke, sklonila kosu sa lica i pogledala me. Odmeravao sam je nekoliko trenutaka a onda sam i Anu prekinuo u pušenju.

"I ti se skini"

Nisam imao nameru da izlazim iz sobe dok ne pojebem barem jednu od njih. Tad mi je bilo svejedno koju. Drkao sam kurac dok sam gledao kako Ana svlači helanke. Kad ih je odbacila, ostala je u belim čipkanim gaćicama. Izgledala je kao da ne želi da ih skine. Još sam ih malo posmatrao, a onda sam ustao i prišao im. Pokazao sam Tamari da legne na krevet. Zagrlio sam Anu i priljubio se uz nju. Prislonio sam glavić na njene čipkaste gaćice.

"Jel hoćemo?"

Odmahnula je glavom. Još neko vreme sam joj lagano milovao dupe, a onda sam je uhvatio za gaćice. Brzo sam ih povukao dole. Uplašeno je otvorila oči i zgrabila me za ruke.

”Ne!”

”Ne boj se, nećemo. Hoću samo da je vidim”

Smirila se od mog šaptanja. Poljubio sam je, i nastavio da joj skidam gaćice. Kleknuo sam ispred nje i gledao kako se pred mojim očima pojavljuje njena nevina pičkica. Bila je prekrivena tankim svetlim dlačicama. I ono što je najvažnije, po prvi put sam video da je vlažna. U helankama se to nije primećivalo, bile su previše vlažne od moje sperme da bi se videlo. Zadovoljno sam je polizao jedanput, polako, čitavom dužinom. Uzdrhtala je od toga. Pomislio sam kako postoje šanse da mi ubrzo dozvoli da uđem u nju.

Kad sam ustao, okrenuli smo se ka krevetu. Tamara je ležala na stomaku. Malo je istrćila svoje dupe i posmatrala nas radoznalo. Uzeo sam Anu za ruku i poveo je ka njoj. Pokazao sam joj da legne preko drugarice. Popela se na krevet, opkoračila Tamaru i legla preko nje. Seo sam na krevet iza njih, i neko vreme uživao u prizoru. Anina pička je ležala preko Tamarinog dupeta, ostavljajući između taman dovoljno mesta za moj kurac. Prišao sam im, pomilovao Anu po dupetu a onda ga gurnuo između njih.

Osetio sam kako je Ana uzdrhtala kad je osetila moj tvrdi kurac ispod svojih golih usmina. I ranije ga je osetila, ali uvek su gaćice bile između nas. Provlačio sam ga između njih i osećao kako ga Anini sokovi vlaže. Počela je da stenje i izgledalo je kao da je stvarno uživala. Mislio sam da se predomislila, pa sam ga izvukao i pokušao da ga polako gurnem u njenu spremnu pičkicu. Ali okrenula se ka meni i odmahnula glavom. Izgledalo je da joj je trljanje bilo dovoljno u tom trenutku.

Ponovo sam ga gurnuo između njih i počeo jače da ga nabadam. Ubrzo su obe počele da puštaju tihe zvuke uživanja. Tamara je pomerala svoja bedra, trljala se o krevet i tiho stenjala. Izgledalo je kao da ih obe jebem istovremeno.

Ana je sve više vlažila. Natapala je sokovima moj kurac i ubrzo su se čuli zvuci šljapkanja, kao da sam stvarno ulazio u pičku. Istovremeno je pomerala bedra, trljala je svoju pičkicu o kurac i pritiskala ga snažnije o Tamarino dupe. Glavić je počeo da zapinje na ulaz u njenu guzu, svaki put sve više. Kao da ga je Ana namerno nabijala tamo. Potpuno nesvesna toga, Ana je sve jače pomerala bedra, sve dok mi glavić nije potpuno zapeo na ulaz u Tamarino dupe. Ušao je skoro do pola, a onda sam ga jednim brzim pokretom potpuno gurnuo u nju.

Zastao sam, iako je Ana nastavila sa pokretima bedara. Primetio sam da je i Tamara odjednom zaćutala i zastala. Samo smo i dalje čuli Anino uzbuđeno dahtanje. Tamara je osećala tvrdi glavić u sebi, i pitala se šta ću da uradim. Polako sam počeo da ga guram u nju. Osetio sam kako joj je dupe toplo i vlažno, puno Aninih sokova. Ana nije ni bila svesna koliko je dobro pripremila svoju drugaricu za mene.

Polako sam joj ga gurnuo do pola, a onda sam ga malo izvadio i gurnuo do kraja. Počeo sam da je jebem ispod Ane. Tamara je ponovo počela glasnije da stenje. Jebao sam je brže kad sam osetio da se opustila.

Ana je konačno shvatila da se nešto promenilo. Prestala je sa trljanjem i pogledala Tamaru, koja je glave spuštene na krevet ležala zatvorenih očiju. Onda se okrenula ka meni i videla da sam oznojan i uzbuđen dok brzo pomeram bedra ka njima.

Opkoračila je Tamaru, sišla sa nje i kleknula na krevet pored nas. Raširila je oči kad je videla šta se dešavalo ispod nje. Stavila obe ruke preko otvorenih usta i gledala šta radimo. Širom raširenih očiju posmatrala je kako je moj veliki kurac nestajao u dupetu njene najbolje drugarice. Pogledala je u mene dok sam zurio u Tamaru i držao ruke ne njenom dupetu. Onda je pogledala u nju i primetila nekoliko suza na njenom obrazu. Pomilovala je po kosi.

”Jel te boli?”

Tamara je klimnula glavom.

”Da, malo”

”Hoćeš da prekine?”

Tamara je širom otvorila oči i pogledala je.

”Ne, ne. Hoću da nastavi”

Ana je ponovo pogledala mene. Zagrlila me je i poljubila. Spustila je dlan na moje grudi i gledala me u lice dok sam joj jebao drugaricu. Iako nisam gledao u nju, primetio sam da je po prvi put počela da drka.

Setio sam se Milene. Imala je odličan pogled na nas troje. Gledala je bočno mene i Tamaru. Iza nas, okrenutu ka njoj, mogla je da vidi Anu kako je napaljeno trljala svoju pičkicu. Okrenuo sam glavu ka monitoru. Bilo mi je žao što nisam mogao da vidim šta je ona radila.

Znao sam da sam blizu vrhunca. Tamara se malo pridigla i okrenula ka meni kad je osetila kako se kurac nabija brže u nju. Gledali smo se u oči dok sam je brzo guzio. Nagnuo sam se bliže njoj i poljubio je. Zastenjala je glasno kad je osetila moj stomak na svom dupetu. Znala je da je primila čitav kurac. Dok se krevet sve jače ljuljao pod nama, ponovo me je pogledala.

”Svrši u mene. Hoću da te osetim u sebi”

Nije trebalo da ponavlja. Uhvatio sam je za kosu i okrenuo ka sebi. Nabadao sam je brzo, a onda sam počeo da se izlivam u nju. Svršavao sam glasno zatvorenih očiju dok je sperma prskala duboko u njoj.

Umorno sam legao preko njenih leđa. Ležao sam na njoj dok smo oboje duboko disali. Ana je još klečala pored nas. I dalje je polako prelazila mokrim prstima preko usmina dok nas je gledala kako ležimo. Poljubio sam Tamarino rame, a onda polako počeo da ga vadim napolje. Ustao sam sa kreveta i otišao do kupatila.

Dok sam prao kurac iznad lavaboa, vrata su se polako otvorila. Ušla je Milena, sa osmehom od uva do uva.

”Ono je bilo fenomenalno!”

Bila je u svom kućnom mantilu, ispod kojeg očigledno nije imala ništa. Prišla mi je od pozadi, obuhvatila me oko struka i uzela kurac obema rukama. Gledao sam je u ogledalu dok ga je uzimala u svoje dlanove i nastavila da ga pere.

”Baš sam se pitao da li si uživala”

Posmatrala me je nekoliko trenutaka, kao da razmišlja kako da mi kaže.

"Uf, veruj mi... Jesam"

Ponovo ga je dobro nasapunjala, prelazila je prstima preko svih delova, a onda ga je isprala. Počela je da mi ga polako drka pod mlazom vode. Pogledala me je u ogledalu dok joj je dlan klizio preko njega.

"Nego, nadala sam se da ću i ja dobiti malo. Valjda si ostavio malo snage za mene"

Okrenuo sam se ka njoj.

"Naravno da jesam", poljubio sam je, "Samo ne još, treba mi vremena"

"Možda mogu malo da ti pomognem"

Kleknula je i pogledala moj spušteni kurac. Sa njega je još uvek kapljala voda kad ga je stavila u usta. Naslonio sam se na umivaonik i stavio joj obe na glavu dok mi je pušila. Koliko god da se trudila, nije se dizao. Ali nije se predavala. Pušila ga je posvećeno, kao da je najtvrđi i najveći kurac na svetu. Onda je prestala. Ustala je i polako odvezla pojas na mantilu. Raširila ga je i pokazala mi da je gola. Prišla je bliže i priljubila se uz mene.

"Kad bi samo znao kako sam drkala dok sam vas gledala. Kako sam divlje svršavala... A sama u sobi... Bez tebe, bez mog omiljenog kurca..."

Osetio sam njenu vlažnu pičku na kurcu. Trljala se o njega i on je počeo da pokazuje znake buđenja. Kao da je znala da me njena priča uzbuđuje. Priljubila se još više uz mene.

"Samo sam maštala o trenutku kad ćeš ponovo zabiti tu kurčinu u mene. Gledala sam te sa klinkama, i zamišljala ovo, maštala o tome kako ću te izjebati nakon njih"

Kurac mi se još uvek nije potpuno digao, ali ona ga je svejedno uzela u ruku. Nekoliko puta je prošla dlanom preko njega a onda se ponovo približila. Prislonila je pičku na njega a onda se sama nabila. Zatvorila je oči dok je ulazio. Činilo se da je uživala, iako je bio poludignut. Uhvatila me je rukama za dupe i snažno gurala bedra ka meni.

Onda je neko iznenada zakucao na vrata. Oboje smo se trgnuli.

"Ko je?", pitao sam.

"Ana te traži. Šta radiš tako dugo?"

Tamara.

Pogledao sam Milenu, a onda se ponovo okrenuo ka vratima.

"Uđi"

Vrata su se polako otvorila i Tamara je ušla. Kad je videla Milenu priljubljenu uz mene pored umivaonika, nasmešila se i klimnula glavom.

"Mogla sam i da pretpostavim"

"Reci Ani da ću doći ubrzo"

Okrenuo sam se ka Mileni, uhvatio je za dupe i još više nabio na sebe. Tamara je odmahnula glavom i uhvatila me za ruku.

"Ne, mislim da je ovo važnije"

Gledali smo je nekoliko trenutaka, izgledala je ozbiljno. Slegnuo sam ramenima.

"Ok, dolazim odmah"

Tamara je klimnula glavom i otišla. Milena je izvukla kurac iz sebe i pogledala me.

"Nemoj da zaboraviš na obećanje. Čim budeš spreman"

Kad sam ušao u sobu, Ana je stajala gola nasred sobe. Nervozno je grickala nokte i posmatrala me netremice. Tamara je bila naslonjena na sto. I dalje je na sebi imala samo svoju providnu košulju. Smeškala se Aninom oklevanju.

"Ajde sad, reci mu ono što si meni rekla"

Prišao sam joj. Prestala je da gricka nokte i uhvatila me za ruku. Povela me je do Tamare i naslonila se leđima na nju. I dalje me je držala za ruku.

"Tucaj me"

Nisam mogao da verujem. Prišao sam joj bliže.

"Šta si rekla?"

"Hoću da me jebeš"

Tamara se zadovoljno smeškala iza nje. Obgrlila je oko struka i milovala joj vlažne usmine. Raširila ih je prstima, želela je da mi je dobro pokaže. Poljubio sam Anu i shvatio da mi se kurac ponovo digao i pre nego što sam je dodirnuo. Tek kad sam ga uzeo u ruku shvatio sam da je još uvek vlažan od sokova Milenine pičke. Pogledao sam Tamaru i u njenim očima video da je već znala o čemu razmišljam.

”To je baš napaljivo”

”Misliš?”

Klimnula je glavom.

”Dve u jedan”

Bila je u pravu, jeste bilo uzbudljivo jebati je nakon Milene. Uzeo sam ga pažljivo u ruku, da ne skinem puno Mileninih sokova i glavićem dodirnuo Aninu pičku. Gurnuo sam ga u nju, i gledao kako su se njihovi sokovi mešali. Glasno sam zastenjao od zadovoljstva. Ana je bila uska, ali jako vlažna. I već dugo vremena napaljena i spremna za moj kurac.

Gledala me je otvorenih očiju dok sam ga gurao u nju. Onda je spustila pogled i zadivljeno posmatrala kako veliki kurac širi njene male usmine. Naizmenično je dizala glavu ka meni i svojoj pici. Kao da nije mogla da veruje u ono što je videla. Zatvorila je oči samo na trenutak. Mogao sam da se zakunem da sam u tom momentu začuo zvuk slavljeničkog otvaranja šampanjca. Ana je zadrhtala između mene i Tamare, i to je bilo to.

Ponovo je otvorila oči kad sam počeo da je jebem. Gledala me je kako ga polako nabijam u njenu usku pičkicu. Držala je obe ruke na mojim ramenima i čvrsto ih stezala. Uhvatio sam je za sise, gnječio sam ih dok sam je jebao. Nisam uopšte očekivao da doživi orgazam. Ali, svršila je, i to brzo nakon što sam počeo. Prvo sam osetio da mi je zarila nokte u mišiće, a onda je u ekstazi počela da ispušta dugi zvuk uzbuđenja. Koji je trajao i trajao, prolomio se glasno kroz sobu, a onda i kroz čitav stan. Znao sam da je Milena čula, a verovatno su i komšije saznale za taj srećan događaj. Brzo je pomerala svoja bedra ka meni, dok joj se telo treslo u Tamarinom zagrljaju. Glava joj je klonula na moje grudi nakon što je svršila.

Nisam prekidao da je jebem ni na trenutak. Previše je bilo dobro biti u njoj. Uživao sam u njenoj uskoj toploj pički, drhtanju njenog tela i pogledu u ekstazi. Odmarala se neko vreme a onda je podigla glavu i pogledala me poluzatvorenih očiju. Delovala je zadovoljno dok ga je primala. Kao da sam tek tad, od tog zadovoljnog pogleda shvatio da mi je konačno dala ono što sam dugo čekao.

Glasno sam zastenjao, srećan što je jebem. I dalje joj ga nisam nabio do kraja, znao sam da bi to bilo previše za nju. Ali sam je jebao, to je bilo dovoljno. Gurao sam ga u nju sve brže. Gledala me je bez treptanja. Znao sam da je po prvi put posmatrala muškarca dok je ulazio u nju, i uživao dok je tucao.

Izvadio sam ga pre svršavanja, i ostavio glavić između njenih zategnutih vlažnih usmina. Drkao sam i vrhom glavića brzo prelazio preko njenog klitorisa. Posmatrao sam kako sperma po prvi put zaliva tu pičkicu. Isprskao sam joj klitoris a onda ostatak izlio na usmine.

Kad sam završio, video sam da je bila malo pocrvenela u licu. Ali smeškala mi se, lice joj je nekako sijalo. Poljubio sam je dok sam glavićem polako razmazivao spermu po njenoj pički. Onda sam ga gurnuo još jednom duboko u nju. Ponovo se malo uspravila i zadrhtala. To je još uvek bio nov osećaj za nju.

Tamara je divlje drkala iza Aninih leđa. Izgleda da je i nju bila napalila to što je prisustvovala prvom Aninom jebanju. Posmatrala me je dok sam ga ponovo gurao nekoliko puta u njenu drugaricu. Onda je kleknula između nas i uzela kurac u dlan. Sagnuo sam glavu i pogledao šta radi. Stavila ga je jednom u usta, a onda ga je izvadila i okrenula se ka pički pored sebe. Svetlucala se od naših sokova, a sperma je curela iz nje. Tamara joj je polizala brežuljak i usmine a onda jezikom počela da skuplja spermu.

Anina ruka bila je na Tamarinoj glavi, smeškala se dok se posmatrala kako je liže. Podigla je pogled ka meni. Poljubio sam je.

”Jel ti se svidelo?”

”Jeste”

”Hoćeš još?”

Široko se osmehnula i klimnula brzo glavom nekoliko puta.

”Naravno”

Pogledali smo Tamaru koja je drhtala između Aninih nogu. Pribila je lice uz njenu pičku i zatvorenih očiju svršavala.

Nakon toga samo svi seli na krevet. Nismo se oblačili. Bili smo umorni, ali zadovoljni. Narednih sat vremena smo se šalili i opušteno pričali kao stari prijatelji. Sve je izgledalo kao običan razgovor uz kafu, osim što smo bili potpuno goli.

Kad sam se obukao, Ana me je ispratila do vrata i poljubila na rastanku. Dogovorili smo se da se sutradan opet vidimo. Zbog toga nisam video Milenu tog dana, i nisam sa njom razgovarao o onome što se desilo.

Kad sam sutradan pozvonio na njihova vrata, Milena je otvorila. Ponovo je imala kućni mantil, i ispod njega samo svoje telo spremno za mene. Široko mi se osmehivala. Očigledno je bila zadovolja onim što se desilo prethodnog dana. Prišao sam joj i poljubio u obraz. Obgrlila me je oko struka, i dlanovima odmah uhvatila za dupe. Poljubila me je jednom strasno, pa se odmaknula i pogledala me u oči uz širok osmeh.

”Koga si došao da jebeš?”

Znao sam da je to bio početak zanimljivih dešavanja.

Also by Višnja Savić